रणेन्द्र

रणेन्द्र का जन्म 4 मार्च, 1960 को बिहार के नालन्दा ज़िले के सोहसराय में हुआ। प्रशासनिक सेवा से सम्बद्ध रहे। उनकी प्रकाशित कृतियाँ हैं—'ग्लोबल गाँव के देवता', 'गायब होता देश', 'गूँगी रुलाई का कोरस' (उपन्यास); 'रात बाक़ी एवं अन्य कहानियाँ', 'छप्पन छुरी बहत्तर पेंच' (कहानी-संग्रह) और 'थोड़ा-सा स्त्री होना चाहता हूँ' (कविता-संग्रह)। उन्होंने 'झारखंड एन्साइक्लोपीडिया' और 'पंचायती राज : हाशिये से हुकूमत तक' का सम्पादन भी किया है। उनकी अनेक रचनाएँ कई भाषाओं में अनूदित हो चुकी हैं। 'ग्लोबल गाँव के देवता' का अंग्रेज़ी अनुवाद 'लॉर्ड्स ऑफ़ ग्लोबल विलेज' नाम से प्रकाशित है।

उन्हें 'श्रीलाल शुक्ल स्मृति इफको साहित्य सम्मान', 'प्रथम विमलादेवी स्मृति सम्मान', 'वनमाली कथा सम्मान', 'बनारसी प्रसाद भोजपुरी सम्मान', 'जे.सी. जोशी स्मृति जनप्रिय लेखक सम्मान' सहित अनेक सम्मानों से सम्मानित किया जा चुका है।

डॉ. रामदयाल मुंडा जनजातीय कल्याण शोध संस्थान, झारखंड सरकार के निदेशक पद से सेवानिवृत्त हुए।

ई-मेल : kumarranendra2009@gmail.com

ग्लोबल गाँव के देवता

रणेन्द्र

राजकमल पेपरबैक्स

पहला संस्करण भारतीय ज्ञानपीठ से 2009 में प्रकाशित

राजकमल पेपरबैक्स में
पहला संस्करण : 2024
दूसरा संस्करण : 2026

राजकमल पेपरबैक्स : उत्कृष्ट साहित्य के जनसुलभ संस्करण

राजकमल प्रकाशन प्रा.लि.
1-बी, नेताजी सुभाष मार्ग, दरियागंज
नई दिल्ली-110 002
द्वारा प्रकाशित

शाखाएँ : अशोक राजपथ, साइंस कॉलेज के सामने, पटना-800 006
पहली मंजिल, दरबारी बिल्डिंग, महात्मा गांधी मार्ग, प्रयागराज-211 001
1, अनमोल सोराबजी सन्तुक लेन, धोबी तलाव, मरीन लाइंस, मुम्बई-400 002

वेबसाइट : www.rajkamalprakashan.com
ई-मेल : info@rajkamalprakashan.com

विकास कम्प्यूटर एंड प्रिंटर्स
ट्रॉनिका सिटी-201 102
द्वारा मुद्रित

मूल्य : ₹250

GLOBAL GAON KE DEVTA
Novel by Ranendra

ISBN : 978-93-6086-470-5

मैं हवा बाँधता हूँ, पानी बाँधता हूँ,
धरती बाँधता हूँ,
आकाश बाँधता हूँ,
नौ जंगल,
दस दिशा बाँधता हूँ,
लाख पशु-परेवा,
सवा लाख जड़ी-बूटी बाँधता हूँ।
नौ लाख चुड़ैल,
दस लाख भूत बाँधता हूँ,
तीन लोकों के ठाकुर देव बाँधता हूँ,
दरहा और मसान बाँधता हूँ।

कौन बाँधता है?
गुरु महादनिया-महादेव बाँधते हैं,
कौन बाँधता है?
पाट देवता-सरना माई बाँधती हैं,
मैं उनका भगत बाँधता हूँ।

चाहे सूखे गोबर के उपले उड़ जाएँ,
पशु उड़ जाएँ, पेड़ उड़ जाएँ,
पत्थर और पहाड़ उड़ जाएँ,
पर मेरे शब्द न खाली जाएँ।

(एक असुर मंत्र)

1

नियुक्ति-पत्र देखकर ख़ुश होऊँ कि उदास होऊँ, समझ में नहीं आ रहा। लम्बी बेरोज़गारी, बदहाली, उपेक्षा, अपमान की गाढ़ी काली रात के बाद रोशनी आई थी। मैं अब नौकरीशुदा था। यह ख़ुशी की बात थी। एक तरफ़ बहुत ही ख़ुशी की बात, मन बल्लियों उछलने का कर रहा था। दूसरी तरफ़ जिस स्कूल में पोस्टिंग हुई थी उसे देखकर दिल डूबा जा रहा था। बरवे ज़िला ही हमारे घर से ढाई-तीन सौ किलोमीटर दूर था। उस पर प्रखंड कोयलबीघा का भौंरापाट। पहाड़ के ऊपर, जंगलों के बीच वह आवासीय विद्यालय। पीटीजी गर्ल्स रेज़िडेंशियल स्कूल। प्रिमिटिव ट्राइब्स, आदिम जनजाति परिवार की बच्चियों के लिए आवासीय विद्यालय में विज्ञान-शिक्षक। क्या पोस्टिंग थी! ख़ुश होने के बदले माथा पीटने का मन होने लगा। मेरे ही साथ ऐसा क्यों होता है? माँ पिछली रोटी खिलाती रही है शायद।

गाँव के ही चाचा के समधी थे विधायक रामाधार बाबू। दूसरे दिन सवेरे-सवेरे सवा सेर लड्डू के पैकेट के साथ हाज़िर। "आप ही के आशीर्वाद से नौकरी भेंटाई है, अब पोस्टिंग भी लड़का का ठीक-ठाक जगह हो। आप ही को तो कृपा करनी है," बाबूजी, विधायक जी के सामने घिघिया रहे थे।

"देखिए समधी! बड़ा भरोसा से आए हैं। बचवा की शादी-वादी भी होनी है। कहाँ जंगली इलाक़ा में रहेगा? कहाँ बहुरिया को रखेगा? आपका एतना रसूख है।" यह चाचा थे।

"देखो भाई! गुप्ता जी। कहाँ हैं पी.ए. साहब, हो!"

"जी सर! हियें हैं।"

"अरे! खुद समधी जी आए हैं। लड़का भी एतना सुघड़-सुन्दर है। कहाँ जाएगा जंगली इलाके में। राजधानी या अपने जिले के आसपास पोस्टिंग करवानी है। किसको फोन किया जाए? शिक्षा सचिव को?"

"नहीं सर! कल्याण विभाग के निदेशक, मिश्रा जी से ही काम चल जाएगा।"

"लगाइए। बाकी अभी कहाँ भेटाएँगे लोग। ऐसा कीजिए, आज सचिवालय जाना है। रोड सिक्रेटरी से मुलाकात के बाद याद दिलाइएगा। आज डायरेक्टर से फाइनल करवा देते हैं। आप लोग निश्चिन्त होकर नहाइए-खाइए। आज ई काम हो जाएगा।" विधायक जी का बड़ा ठोस आश्वासन था।

हम सब ख़ूब ख़ुश लौट आए, किन्तु ज्वाइनिंग की आख़िरी तारीख़ 30 जून तक कुछ हो नहीं सका।

थक-हारकर, उदास-निराश, बस, ट्रेकर बदली करते और आख़िर में बॉक्साइट वाले ट्रक पर लदकर पहाड़ के घुमावदार रास्तों से चढ़ता भौंरापाट स्कूल पहुँचा। एक, तो गर्ल्स स्कूल, उस पर सारी टीचर्स लेडीज़।

हेडमिस्ट्रेस के अलावा दो टीचर्स थीं। हाँ! किरानी बाबू मर्द थे। उन्हें देखकर थोड़ी राहत मिली। कैम्पस में टीचर्स क्वार्टर्स की हालत ख़स्ता थी। आज तक कोई उनमें रहा ही नहीं था। हेडमिस्ट्रेस और टीचर्स शहर से आती-जाती थीं। साहू बाबू सखुआपाट बाज़ार में रहते थे।

मकड़ी के जाले, धूल-धक्कड़ और सड़-से गए किवाड़-खिड़कियाँ। कोने वाले क्वार्टर में लेडी पिऊन थी। उसने ही झाड़ूकश के साथ मिलकर दिन भर में एक क्वार्टर रहने लायक़ साफ़-सुथरा कर दिया। ज्वाइनिंग के बाद भी मेरा ध्यान अभी भी विधायक जी पर ही लगा हुआ था। तीन बजे तक स्कूल बन्द हो गया। हेडमिस्ट्रेस और टीचर्स को सखुआपाट के आगे से आख़िरी बस पकड़नी थी। साहू जी के साथ साइकिल पर बैठकर मैं भी सखुआपाट पहुँचा। स्कूल से चार-पाँच किलोमीटर। हालाँकि सवेरे भी ट्रक से इधर से ही गुज़रा था पर ध्यान नहीं दे सका था। अच्छा-ख़ासा बाज़ार था। बग़ल में ही शिंडाल्को माइंस का ऑफ़िस और क्वार्टर्स थे। कई अफ़सर और स्टाफ़ रहते थे। अन्य कई छोटी बॉक्साइट कम्पनियों के ऑफ़िस भी आसपास ही थे। ग्रामीण बैंक, सरकारी स्वास्थ्य केन्द्र, कई सरकारी भवन, छोटे-मोटे होटल, परचून-किराने की दुकानें, पान-चाय की गुमटियाँ, यानी अच्छी-ख़ासी चहल-पहल। नीचे से आने वाले ख़ाली ट्रक और अलग-अलग खदानों से बॉक्साइट भरकर आने वाले ट्रकों का पड़ाव भी था सखुआपाट। शिंडाल्को ऑफ़िस से चालान लेने में टाइम लगता, तब तक बाज़ार में चहल-पहल बढ़ी रहती। साहू जी मेरा सामान्य ज्ञान बढ़ा रहे थे। मेरे कानों में बस कुछ अल्फ़ाज़ गिर रहे थे। मैं सुन रहा था कि नहीं, मुझे भी पता नहीं लग रहा था। मेरे प्राण तो एस.टी.डी. बूथ में अटके हुए थे। रोज़ सुबह-शाम घर और विधायक जी के पी.ए. गुप्ता जी से बात करने का नशा हो गया था।

मीलों तक पसरे पहाड़ के ऊपर का यह चौरस इलाक़ा मन को और उचाट कर रहा था। छिटपुट जंगल बाक़ी ख़ाली दूर-दूर तक फैले उजाड़-बंजर से खेत। बीच-बीच में बॉक्साइट की खुली खदानें। जहाँ से बॉक्साइट निकाले जा चुके थे वे गड्ढे भी मुँह बाये पड़े थे। मानो धरती माँ के चेहरे पर चेचक के बड़े-बड़े धब्बे हों। कोई ढंग से बोलने-बतियाने वाला नहीं। शाम होते ही सन्नाटा उतर आता। बिजली आती-जाती रहती। पिऊन एतवारी की भलमनसाहत थी कि मेरी भी रोटी सेंक दिया करती। उसका आदमी माइनर था, खान-मज़दूर। खटकर, पी-पाकर आता, खाता और चुपचाप सो जाता। ऐसा चुप्पा आदमी मैंने नहीं देखा। हालाँकि सवेरे नहाने-धोने, उसी के साथ जंगल में थोड़ा नीचे उतरकर एक सोते तक जाता, लेकिन वह भर रास्ता या तो दतवन चबाता रहता या खैनी भरे रहता। बात करने से उसे परहेज़ था। हालाँकि बहुत बोलने-बतियाने की मेरी भी आदत नहीं थी। घर पर माँ-बहनें मुन्ना की जगह घुन्ना ही कहकर पुकारती थीं। कभी-कभी लगता कि एतवारी की बढ़-चढ़ कर मदद करने से वह अन्दर-ही-अन्दर ग़ुस्साया हुआ है। नई जगह, अनजाने लोग, डर लगता। और मैं भी एतवारी से कम-से-कम ही मतलब रखता। 'हाँ' और 'न' में काम चलाने की कोशिश करता। हालाँकि बच्चियों का हॉस्टल भी कैम्पस में ही था। अलग मेस भी। खाना पकाने वाली दो रसोईदारिनें थीं, जो भौंरापाट गाँव की ही थीं। क़िन्तु बच्चियों के हॉस्टल की ओर रात में खाने जाना मुझे किसी तरह ठीक नहीं लगा, सो एतवारी की ही रोटी की व्यवस्था चलती रही।

एक रात किरानी बाबू के साथ भी सखुआपाट में ठहरकर देखा। क्वार्टर था कोयलबीघा अंचल कार्यालय के हलक़ा कर्मचारी का। ख़ुद रहता नहीं था। किराये पर उठा रखा था। क्वार्टर की दूसरी कोठरी में इतना शोरगुल,

हो-हंगामा, देर रात में मार-पीट। नींद हराम हो गई। मालूम हुआ ठेकेदार अंसारी साहब हैं और उनकी एक रखनी है रामरति। दोस्त-यार जुटते हैं। दारू-शारू चलती है। चढ़ जाती है तो मारपीट के बाद महफ़िल टूटती है। रोज़ रात का यही रूटीन तीन सौ पैंसठों दिन, बिना नागा। आगे का इंटरेस्ट हो तो उसकी भी व्यवस्था। रुलाइ-धुलाई के बाद ज़िन्दा ब्लू फ़िल्म, बिना टिकट। फुल बल्ब-लाइट, किवाड़-खिड़की खुल्ला। कोई लाज-लिहाज़ नहीं इन दोनों को। साहू जी का रिकॉर्ड चालू था।

हालाँकि शहर से दूर, पहाड़ के ऊपर जंगल-खदानों के बीच भौंरापाट में रहते एक हफ़्ता घसीटते-घसीटते गुज़र गया। किन्तु अभी तक मन राजधानी में विधायक-आवास में ही अटका था। क्लास की बच्चियों की तो छोड़िए, अपनी हेडमिस्ट्रेट और टीचर्स का भी ठीक से परिचय नहीं जान पाया था। आँख मूँदने पर उनके चेहरे भी ठीक से ध्यान में नहीं आते थे। किरानी बाबू और एतवारी से ही, कह सकते हैं, थोड़ी-बहुत जान-पहचान हुई थी। मन एकदम नहीं लगता था। शाम सबसे बोझिल होती। अँधेरा उतरते सखुआपाट से भौंरापाट स्कूल तक आने के लिए ट्रक भी नहीं मिलते। सो रोज़ शाम कैम्पस में ही गुज़ारनी होती। झींगुरों की झनझनाहट को कभी-कभी एतवारी के बच्चों की चिल्ल-पों या हॉस्टल की बच्चियों के धौल-धप्पे दूर किया करते। जैसे-जैसे रात उतरती, झींगुरों का गान और सियारों की पुकार भारी पड़ती जाती। मन भीगे कम्बल-सा भारी होने लगता। उचाटपन तन-मन पर छाने लगता। घर की याद में आँखें डबडबाने लगतीं। लगता, कब खूँटा उखाड़ूँ और भाग निकलूँ।

उस दिन सवेरे सात-आठ बजे जंगल के पझरा-सोता से नहा, लौटकर कपड़े बदल रहा था कि कोई गिरता-पड़ता, किवाड़, बाल्टी से टकराता हड़बड़ाकर मेरी कोठरी में घुसा और मुझसे लिपट गया।

2

एकाएक उसके कमरे में गिरते-पड़ते घुसने और लिपटने से मैं घबरा गया, किन्तु वह ख़ुद ही भय से काँप रहा था। कुछ सेकेंड ही लगे होंगे मुझे सँभलने में। उसे ठीक से थाम, चौकी पर बिठाया। पीने को पानी दिया। तब ग़ौर से देखा। अट्ठाइस-तीस की उम्र का ख़ूब गोरा-चिट्टा आदमी। सफ़ेद धोती और क्रीम कलर का पोलिएस्टर कुर्ता। चेहरे और सर पर चोट के निशान थे। कई जगहों से ख़ून छलक रहा था। सिर से रिसता ख़ून चेहरे से होकर बह रहा था। धोती तो बुरी तरह फट चुकी थी, कुर्ता भी खोंचाया।

कमरे में अजाना आदमी और हालत भी समझ के परे। कैसे बात शुरू करूँ? अभी सोच ही रहा था कि एतवारी आ गई।

"अरे! ई तो दादा हैं। लालचन दादा। हमरे गाँव नवा अम्बाटोली के

प्रधान, बैगा बाबा के बड़े बेटे लालचन असुर।" एतवारी भी उनकी हालत देखकर घबरा-सी गई।

कैसे? कहाँ? किसने? जैसे उसके सवाल वाजिब थे। लेकिन कोई जवाब नहीं मिला। इसी बीच गमछी भिगोकर उसने अपने दादा को दिया। लालचन की भी थरथराहट ख़त्म हो चुकी थी। थोड़े निश्चिन्त लगे। लेकिन चेहरा पोंछने का लाभ नहीं हुआ। सिर से रिस रहा ख़ून फिर चेहरे को धीरे-धीरे रँगने लगा। एतवारी ने पुराने कपड़े के टुकड़े को जलाया और गरम राख को सिर के घाव पर रख दिया। ख़ून बहना बन्द हुआ। मैंने भी अपनी शेविंग किट से फिटकरी निकाली और पानी में भिगो-भिगोकर लालचन के चेहरे-हाथ-पैर के कटे-छिले पर मलने लगा। असर हुआ। ख़ून छलकना बन्द हुआ। एतवारी की लाल चाय ने बाक़ी काम पूरे कर दिये।

अब जाकर ध्यान आया कि एतवारी ने इस सुदर्शन व्यक्ति का नाम लालचन असुर बताया था। सुना तो था कि यह इलाक़ा असुरों का है, किन्तु असुरों के बारे में मेरी धारणा थी कि ख़ूब लम्बे-चौड़े, काले-कलूटे, भयानक, दाँत-वाँत निकले हुए, माथे पर सींग-वींग लगे हुए लोग होंगे। लेकिन लालचन को देखकर सब उलट-पुलट हो रहा था। बचपन की सारी कहानियाँ उलटी घूम रही थीं।

एतवारी के आदमी, गन्दूर ने कमरे में झाँका। साथ में साइकिल और टिफिन, यानी की ड्यूटी पर जाने की तैयारी। लालचन को जोहार बोला और अलग बोली में दोनों ने न जाने क्या बतियाया? गन्दूर ने साइकिल वहीं दीवार में अड़ा दी और एतवारी को कुछ कहकर चला गया। मेरी समझ में जोहार के अलावा और कुछ भी नहीं आया। एतवारी से मालूम हुआ कि यह आसुरी भाषा थी। वे लोग भी असुर ही हैं। साइकिल से लालचन दादा को सखुआपाट

ले जाकर रामकुमार डागदर को दिखाना है। गोली-सूई से दरद-वरद जल्दी ठीक होगा।

आज हर बात मुझे चौंका रही थी। लग रहा था कि हफ़्ता-दस दिन बाद आज आँखें खुली हों। यह छरहरी-सलोनी एतवारी भी असुर ही है, यह जानकर मेरी हैरानी बढ़ गई थी। हफ़्ता भर से इसे देख रहा हूँ, न सूप जैसे नाख़ून दिखे, न ख़ून पीने वाले दाँत। कैसी-कैसी ग़लत धारणाएँ। ख़ुद पर ही अजब-सी शर्म आ रही थी।

साइकिल के कैरियर पर लालचन को बैठा, मैं सखुआपाट की ओर बढ़ा। रास्ते में कुछ बातें नहीं हुईं। चोट के बारे में बस उसने यही कहा कि आप नहीं समझ पाइएगा मास्टर साहब। धान का बिचड़ा डालने के समय ऐसी घटनाएँ होती रहती हैं।

धान का बिचड़ा और चोट के बीच सम्बन्धों ने और उलझा दिया। बैंडेज, सूई, दवा के बाद चाय पीते हुए रामकुमार डॉक्टर ने बातें सुलझाईं। हँसमुख मनोहर डॉक्टर। रजिस्टर्ड प्रैक्टिसनर। नीचे कनारी बबुआनी टोले के। लालचन के ही उम्र के और उनके जैसे ही गोरे-चिट्टे, किन्तु ज़्यादा लम्बे। मुझसे दोनों चार-पाँच साल ही बड़े थे, सो मन मिलने में देर नहीं हुई।

"एक अंधविश्वास है इलाक़े में। हालाँकि अब बहुत घट गया है। लेकिन अभी भी खरीफ़ के सीजन में दो-चार घटनाएँ घट ही जाती हैं। आदमी की जान की तो मानो कोई क़ीमत ही नहीं।" रामकुमार मुझे समझाना चाह रहे थे।

"दरअसल, अब भी कुछ लोगों के मन में यह बात बैठी हुई है कि धान को आदमी के ख़ून में सानकर बिचड़ा डालने से फ़सल बहुत अच्छी होती है। इसीलिए इस सीजन में मुड़ीकटवा लोग घूमते रहते हैं।"

"लोहे की तेज़ कटार और बोरा लिये मुड़ीकटवा अपना इलाक़ा छोड़कर अनजान इलाक़े के सुनसान में घात लगाए रहते हैं। ऐसे ही मुड़ीकटवा से सवेरे लालचन की भेंट हो गई। अजाना चेहरा और हाथ में बोरिया देखकर लालचन ने साइकिल ख़ूब तेज़ कर दी। उसके हाथ में इनकी धोती का छोर आया, जो फट गया और ये गिरते-पड़ते साइकिल छोड़-छाड़ कर भागे। पहाड़ी से फिसलने में चोट आई।"

मेरा दिमाग़ घूमने लगा था। ये कैसी दुनिया थी?

"इस पाट पर जीना बहुत कठिन है, मास्टर साब! किन्तु मौत बड़ी आसान है।" रामकुमार शायद मेरी ही तरह सोच रहे थे।

"अभी तो आप आए ही हैं। देखिएगा कि मक्का की एक बरसाती फ़सल के भरोसे ज़िन्दगी कितनी कठिन हो जाती है। मजूरी और जंगल का सहारा जो नहीं हो तो लोग फिर असम-भूटान निकल जाएँ। लेकिन एक तरफ़ इन खानों ने मजूरी दी तो दूसरी तरफ़ बर्बादी के सरंजाम भी खड़े किये। पिछले पच्चीस-तीस सालों में खान-मालिकों ने जो बड़े-बड़े गड्ढे छोड़े हैं, बरसात में इन गड्ढों में पानी भर जाता है और मच्छर पलते हैं। सेरेब्रल मलेरिया यहाँ के लिए महामारी है, महामारी। मुड़ीकटवा से साल-दो साल पर भेंट होती है किन्तु, इस जानमारू से तो हर रोज़ भेंट होगी।"

"काहे सिंह जी! मुड़ीकटवा से तो हर हाट में भेंट हो सकती है।" लालचन अब नॉर्मल थे।

"अरे हाँ! कल ही हाट में दिखा देंगे हमारे इलाक़े के इकलौते मुड़ीकटवा को। कमटी गाँव के हैं बुधराम सिंह खेरवार। बड़ी-बड़ी लाल आँखें, हमेशा नशे में चढ़ी हुईं। चेहरा-मोहरा ऐसा भयावह कि कोई भी समझ जाए। लेकिन उनके पास भी अपनी कहानी है। उनके गाँव के सटे पहाड़ में लगभग

सत्तर-अस्सी फ़ीट पर एक गुफा है। एकदम खड़ी चढ़ाई है। नया आदमी तो चढ़ ही नहीं पाएगा। सिंह जी का कहना है कि वहाँ देवी-थान है। देवी को जब बलि की ज़रूरत महसूस होती है तो गुफा से नगाड़े की आवाज़ आने लगती है। हम समझ जाते हैं। फिर मजबूरी में दूर थाना-इलाक़ा के बाहर जाकर 'पूजा' लाना पड़ता है। उस भक्त की बलि के बाद नगाड़े की आवाज़ ख़ुद बन्द हो जाती है। अब आप ही लोग बताइए, देवी को नाख़ुश करके पूरा गाँव पर संकट मोल लें हम लोग। मजबूरी में करना पड़ता है ई सब। आप लोग दो अक्षर पढ़ गए हैं तो सब कुछ मज़ाक़ लगता है। हँसी-मज़ाक़ नहीं है, समझे! फेरा में पड़िएगा तो समझ में आ जाएगा। अब समझिए कि एतना ज़ोर से हड़काता है सिंहजीवा कि दुबारा टोकने की हिम्मत नहीं पड़ती है।"

लालचन बताने लगे, "उसी कमेटी पंचायत में ही एक गाँव का नाम ही कटिया है। वहाँ भी हाल-हाल तक यही, 'आदमी-पूजने' का चलन था। अब तो रोड-शोड बन गया। स्कूल-आँगनबाड़ी चलने लगे। लोग पढ़ने-लिखने लगे। बाहर-भीतर आने जाने लगे, तो सुधरे। वहाँ के लोगों को भी टोकिएगा तो बिगड़ जाएँगे। उलटे समझाने लगेंगे कि देवी पूजन के सीजन में बलि खुद-ब-खुद गाँव पहुँच जाता है। माँ की किरपा। जहाँ अल-बल बोलता, आधा पगलाया आदमी उस टाइम गाँव में पहुँचा कि हम समझ जाते हैं कि देवी की बुलहटा पर पहुँचा हुआ बलि है। खैर! अब तो केवल उसकी कानी उँगली थोड़ा चीरकर खून की कुछ बूँद ही देवी-थान चढ़ाते हैं हम लोग। इतने पर ही देवी खुश हो जाती है और भगत की पगलाहट भी ठीक हो जाती है। आप लोग नय बुझिएगा हो! ई सब पूजा-पाठ, भगत-भगती की बात है, नय बुझाएगा।"

"सिंह जी या कटिया के लोग जो हों, लेकिन उन्होंने इलाक़े के लोगों को कानी अँगुरी से भी कभी नहीं छुआ है, लेकिन पूरे पाट पर फैले इन सैकड़ों विशाल-विशाल गड्ढों का क्या? कितना बार लिखा-पढ़ी हुआ। दर्जनों दरख़्वास्त तो हमने ख़ुद लिखा होगा। अब एग्रीमेंट की पहली शर्त है कि बॉक्साइट निकालकर गड्ढा भरना है, तो बीसों साल से क्यों नहीं हो रहा यह काम? हमें तो लगता है कि जानबूझकर सरकार भी मटिया रही है। चाहती है, पाट पर आबादी जितना जल्दी ख़त्म हो बॉक्साइट निकालने में उतनी ही आसानी होगी।" रामकुमार का ग़ुस्सा छलक रहा था।

"लेकिन सरकार ऐसा सोचती तो इतना दुर्गम इलाक़े में आवासीय स्कूल क्यों खोलती?" मेरा सवाल वाज़िब था।

"अरे मास्टर साहब! क्या तो आदिवासियों का आवासीय स्कूल! पहले जाकर पाथरपाट का जगप्रसिद्ध स्कूल देख आइए। तब समझ में आ जाएगा कि असल स्कूल क्या होता है और फुसलाने वाला स्कूल क्या होता है?" लालचन ने चुनौती दी।

"कल एतवार है। कल ही रुमझुम आपको पाथरपाट घुमा लाएँगे। सवेरे आपकी कोठरी में पहुँच जाएँगे वो। आपकी ही उम्र के हैं। संस्कृत में ऑनर्स किया है। पिता स्कूल में टीचर हैं, किन्तु इनको अभी नौकरी नहीं मिली है। न जाने क्या शौक़ है, जब देखिए पाथरपाट जाकर उस स्कूल को निहारते रहते हैं। ख़ूब पढ़े-लिखे हैं। आपका ख़ूब मन लगेगा उनके साथ।" डॉक्टर साहब ने रविवार को दिन काटने की ठीक व्यवस्था कर दी थी।

मैंने भी पाथरपाट विद्यालय में नामांकन के लिए वर्षों पहले परीक्षा दी थी। असफल रहा था। आज इतने पास था तो देखने की इच्छा तो थी ही। डेरा वापस आकर बस रुमझुम असुर की प्रतीक्षा करने लगा।

3

यूँ तो रविवार का दिन मेरे लिए आलस्य, नींद और बिछावन से मुहब्बत का होता है। ख़ूब देर से जागना। बिछावन पर पड़े-पड़े नींद की ख़ुमारी का आनन्द लेना। स्लो मोशन में नहाना-धोना। ख़ूब भारी नाश्ता करके मनपसन्द किताब थाम, फिर बिछावन पर लोट-पोट होना। कभी इस करवट, कभी उस करवट। दस पन्ना पढ़ाई, फिर दस मिनट की नींद। पढ़ाई और नींद की ख़ुमारी-भरी जुगलबन्दी। उचाट, बोझिल, अकेलेपन की बरछीवाले रविवार की ऐसी की तैसी।

लेकिन आज नींद की ख़ुमारी ग़ायब थी। अजब तरह की फूर्ती। सवेरे-सवेरे ही नहा-धोकर आ गया। एतवारी ने भी नाश्ता के बदले भात ही राँध दिया। नौ-साढ़े नौ तक खाने-पीने की छुट्टी। मन में बेचैनी। कपड़ा-वपड़ा पहनकर तैयार। बार-बार निगाहें स्कूल गेट की ओर उठतीं। कोठरी से बाहर निकल, टहलने लगा।

एतवारी बेचैनी समझ रही थी। उसने बताया कि यहाँ से दूर ही घर है रुमझुम का। मीलों पसरा पाट एकदम सपाट नहीं है। पहाड़ों के बीच छोटी-छोटी तराइयाँ हैं, जो आधी मील तक चौड़ी और एक-दो मील लम्बी हैं। इन्हीं दो पहाड़ियों के बीच की तराई-दोहर में पाट के असुरों के धान के खेत हैं। ऐसी दो तराइयों—दोहर लाँघने और दो पहाड़ चढ़ने के बाद रुमझुम का गाँव कन्दापाट पड़ता है। इतवार के कारण वे भी देर से उठे होंगे। आराम से खा-पीकर अब पहुँचते होंगे।

लेकिन रुमझुम ने आने में देर की। थक-हार कर कोठरी में बैठा मैं किताब उलटने-पुलटने लगा। आजकल असुरों के बारे में जानने की इच्छा बलवती हो गई थी। स्कूल की लाइब्रेरी अच्छी-ख़ासी थी। मिंज मैडम के पहले के प्रिंसिपल को किताबों से बहुत प्यार था। अपने सात साल के पीरियड में ख़ूब अच्छी-अच्छी किताबें जमा की थीं। उसमें जितनी किताबें असुरों से सम्बन्धित थीं, सब उठाकर ले आया था। वेरियर एल्विन से लेकर एस.सी. राय तक सब मेरे कमरे के टेबुल की शोभा बढ़ा रहे थे।

साढ़े दस के आसपास रुमझुम आए। साँवला-चमकता चेहरा, तीखी नाक, बोलती हुई आँखें। घुँघराली दाढ़ी और बालों की भी घुँघराली लटें कंधों को छूती हुईं। मेरी ही उम्र के होंगे। बातचीत से पता चला कि मुझसे दो वर्ष पहले ग्रेजुएशन किया था।

सड़क पर आकर बॉक्साइट ट्रक से पाथरपाट मोड़ की ओर चले। रुमझुम ने बताया कि दूरी मुश्किल से दस-बारह किलोमीटर होगी, किन्तु बॉक्साइट ट्रकों की ओवरलोडिंग ने सड़क की हालत ख़स्ता कर रखी है। सरकार को लगता है कि कम्पनियाँ सड़क-मरम्मत में मदद करें। कम्पनियों को लगता है कि सड़क सरकार की है। हम टैक्स तो भरते ही हैं, फिर सड़क मरम्मत क्यों करें?

बरसात में गड्ढों को लेटराइट से भरकर अपनी ड्यूटी पूरी समझ लेते हैं। अब हिचकोले खाते, दस किलोमीटर की दूरी एक घंटे में पूरी करते रहिए। कम्पनी के ऑफ़िसरों का क्या? वे तो अपनी जोंगा की मोगा शिकारी जीपों को सड़क छोड़, खेत-बधार में दौड़ाते स्पीड बनाये रखते हैं। उनका समय क़ीमती है भाई! हम लोग जैसे बेकार-निकम्मा-निठल्ला थोड़े ही हैं।

देश-दुनिया की बातें करते हम पाथरपाट मोड़ पर पहुँचे। अब ट्रक को नीचे उतरना था। लगभग साठ किलोमीटर पर रेलवे जंक्शन तक दूरी तय करनी थी, जहाँ मालगाड़ी में बॉक्साइट लोड होकर अल्युमिनयम कारख़ाने तक पहुँचेगा। हमें ट्रक उसी मोड़ पर छोड़ना था। हालाँकि पाथरपाट पर्यटन के ख़याल से बंगालियों में बड़ा लोकप्रिय था। सो छोटी-बड़ी गाड़ियाँ आ-जा रही थीं। किन्तु रुमझुम को एक-डेढ़ किलोमीटर के लिए गाड़ी पर चढ़ना उचित नहीं लगा। सड़क छोड़, जंगल की शार्टकट पगडंडी हमने पकड़ी। बातों ने फिर रफ़्तार पकड़ी। रुमझुम बातों की गहराई तक उतरते। उनका रोष भी वाजिब लगता।

“हमारा बॉक्साइट यहाँ से डेढ़-दो सौ किलोमीटर दूर, जहाँ प्रोसेस होकर अल्युमिनियम में ढलता है वह जगह सिल्वर सिटी ऑफ इंडिया कहलाती है। एक बार घूमने का मौक़ा मिला था। फूलों-पार्कों से लदी हरी-भरी ख़ूबसूरत कॉलोनी। एक से एक स्कूल, चमचमाते बाज़ार, क्लब घर, योगा केन्द्र, लाइब्रेरी, खेल के मैदान और न जाने क्या-क्या? सुन्दर-सुन्दर कुत्तों को घुमाती सुन्दर-सुन्दर महिलाएँ, बर्फ़ के गोलों-से गुलथुल उजले-उजले बच्चे, रंग-बिरंगी गाड़ियाँ। लगा, इन्द्रलोक धरती पर उतर आया हो। और यहाँ पाट में अब तो आप आ ही गए हैं मास्टर साहब। धीरे-धीरे सब जान जाइएगा। पानी और जलावन जुटाने में ही हमारी औरतों की आधी ज़िन्दगी गुज़र जाती है।

बरसात के गिंजन की तो मत पूछिए। बन्द खदान के सैकड़ों गड्ढे विशाल पोखरों में बदल जाते हैं। कीचड़ में लोटते सूअरों और हमारे बच्चों में फ़र्क़ करना मुश्किल हो जाता है। वहाँ के गेस्ट हाउस के मेस में छत्तीस तरह के व्यंजन। मुहावरे वाले नहीं, सचमुच के। क्या खाएँ-क्या नहीं खाएँ। एक ही दिन में पेट ख़राब हो गया। यहाँ मकई का घट्टा खा-खाकर जीभ पर घट्टा पड़ जाता है। हमारे ज़्यादातर घरों में भात-दाल-सब्ज़ी भी पर्व-त्योहार का भोजन है।"

रुमझुम की आवाज़ थरथराने लगी थी और आँखें छलछलाने। हमारी चाल भी धीमी हो गई थी। एक चट्टान पर हम बैठ गए। माहौल थोड़ा भारी-सा हो गया था। हम नज़रें मिलाने से बच रहे थे।

कुछ मिनटों बाद मैंने ही टोका। मूड बदले इसीलिए विषय बदलने की कोशिश की। "आप लोगों का टाइटिल बहुत चौंकाता है रुमझुम भाई।"

रुमझुम हँसने लगे।

"ठीक कहते हैं। असुर सुनते दो ही बातें ध्यान में आती हैं। एक तो बचपन में सुनी कहानियों वाले असुर, दैत्य, दानव और न जाने क्या-क्या! वर्णन भी ख़ूब भयंकर। दस-बारह फ़ीट लम्बे। दाँत-वाँत बाहर। हाथों में तरह-तरह के हथियार। नरभक्षी, शिवभक्त, शक्तिशाली। किन्तु अन्त में मारे जाने वाले। सारे देवासुर संग्रामों का लास्ट सीन पहले से फिक्स्ड। दूसरी एन्थ्रोपॉलोजी की 1926, 1947 या 1966 की किताबों में छपी केवल कॉपीन पहने मर्द और छाती तक नंगी औरतों वाली तसवीरों वाले असुर। अब आप ख़ुद ही तय कर लीजिए मास्टर साहब कि हम क्या हैं?"

उनका चेहरा फिर काला पड़ने लगा था और आवाज़ डूबने लगी थी। लेकिन थोड़ी ही देर में सँभल गए। फिर बातें शुरू हुईं।

"इस देवासुर संग्राम ने मुझे भी बहुत उलझाया था मास्टर साहब। इसलिए मैंने पढ़ाई के लिए संस्कृत को चुना। बाबा की जमा की गई किताबों ने भी इसमें भूमिका निभाई होंगी। ऐसे तो बाबा साइंस-टीचर हैं, किन्तु लगता है कि अपनी जड़ों की तलाश में धार्मिक-ऐतिहासिक किताबें जमाकर रखी थीं।"

हम फिर पाथरपाट की ओर बढ़ चले थे। जंगल में धूप छन-छनकर आ रही थी, किन्तु उसके चढ़ने का अहसास हमारे क़दमों को तेज़ कर रहा था।

"हम असुर लोग मोटा-मोटी तीन भाग मे बँटे हैं।" रुमझुम ने फिर बात शुरू की, "बीर असुर, अगरिया असुर और बिरिजिया असुर। हालाँकि 'बीर' यहाँ बहादुर के सेंस में नहीं आया, बल्कि जंगल के अर्थ में आया है। लेकिन प्राचीन असरिया-बेबीलोन सभ्यता में असुर का अर्थ बलवान पुरुष ही होता है। अपने यहाँ भी सायणाचार्य असुरों को बलवान, प्रज्ञावान, शत्रुओं का नाश करने वाला और प्राणदाता पुकारते हैं। ऋग्वेद के प्रारम्भ के लगभग डेढ़ सौ श्लोकों में असुर देवताओं के रूप में हैं। मित्र, वरुण, अग्नि, रुद्र सभी असुर ही पुकारे जा रहे हैं। बाद में यह अर्थ बदलने लगता है और असुर दानव के रूप में पुकारे जाने लगते हैं।"

"अंगिरा या अंगिरस ऋषि और अगरिया में एकापन भी ध्यान खींचता है।" रुमझुम ने बात आगे बढ़ाई, "अंगिरा ऋषि भी अपने को आग से उत्पन्न बताते हैं और अगरियों की भी पैदाइश आग से ही हुई है। यह अंगिरा ही हैं जिन्होंने सबसे पहले आग की खोज की थी। आग की खोज और देवताओं से लड़ाई की कहानी कई जगह प्रचलित है। ग्रीक कथाओं में भी प्रमथ्यू स्वर्ग से आग चुराकर लाता है तो देवता उसे सज़ा देते हैं। सिंगबोंगा—सूर्य देवता द्वारा असुरों को सज़ा देने की कथा प्रचलित है। किन्तु यह सुर-असुर लड़ाई एक जटिल पहेली है। कभी हम लोग स्थिर से बैठकर इसे सुलझाएँगे।

क्या यह पाषाणकालीन लोगों का धातु पिघलाने वाले लोगों से संघर्ष था? सुर में 'सु' शामिल है जिसका अर्थ उत्पादन होता है। इसीलिए क्या जंगलों को काटकर उत्पादन यानी खेती करने वालों और सखुआ पेड़ के कोयले पर आश्रित लोहा पिघलाने वालों के बीच की लड़ाई है। विष्णु के कई अर्थ हैं जिनमें फैलनेवाला और यज्ञ भी है। जंगल की आग तेज़ी से फैलती है। झूम खेती जंगलों को काटकर और जलाकर ही की जाती रही है। स्वाभाविक है, जो लोग भोजन और रोज़गार के लिए जंगल पर निर्भर रहे होंगे उन्हें जंगलों का जलाया जाना अखरता होगा, चाहे उसे यज्ञ कहिए या विष्णु कहिए, क्या फ़र्क़ पड़ता है? यह लड़ाई का कारण बना होगा। कई-कई व्याख्याएँ हो सकती हैं। फिर इस पर बात की जाएगी। अभी स्कूल घूमा जाए।"

पाथरपाट स्कूल का गेट सामने ही था। स्कूल का इतना बड़ा कैम्पस कि हम लोगों के भौंरापाट जैसे दो-तीन गाँव समा जाएँ। हरा-भरा, सुन्दर, व्यवस्थित कैम्पस। कैम्पस में घुसते ही सबसे पहले हाट जाती एक आदिवासी स्त्री की मूर्ति पर नज़र पड़ती थी। पीठ पर बँधा हुआ बच्चा, एक हाथ में मुर्ग़ी, माथे पर लकड़ी का छोटा-सा गट्ठर। एकदम सजीव-सी मनोहारी मूर्ति। इन्हीं विशालकाय भवनों में राज्य के सबसे मेधावी लड़के पढ़ते, जिन्हें सबसे ज़्यादा वेतन पाने वाले सुयोग्य शिक्षक पढ़ाया करते। आख़िर इन्हें ही शासक बनना था। छात्रावास की व्यवस्था भी अनूठी थी। एक शिक्षक परिवार एक छात्रावास के साथ जुड़ा था। उसकी आवासीय व्यवस्था भी वैसी ही बनाई गई थी। वे ही उस छात्रावास के बच्चों के माता-पिता थे। उनकी ही देखरेख में बच्चे पलते-बढ़ते। खेल-कूद, चित्र-संगीत, वाद-विवाद, यानी हर पहलू के विकास की चिन्ता। एकदम ठीक कहा था डॉक्टर साहब ने, असल स्कूल यही है।

लेकिन रुमझुम की चिन्ता कुछ और थी। "असुरों के सौ से ज़्यादा घरों को उजाड़ कर बना था यह स्कूल। अभी भी आसपास असुर आबादी है। ज़्यादा दूर नहीं, बीस-बाईस किलोमीटर के दायरे में लगभग सारी की सारी असुर, बिरिजिया, कोरबा आबादी बसती है। पिछले तीस वर्षों का रजिस्टर उठाकर देख लीजिए, जो एक भी आदिम जाति परिवार के बच्चे ने इस स्कूल में पढ़ाई की हो! मैंने ख़ुद कितनी कोशिश की थी। पिछले दो-तीन वर्षों से कैजुअल शिक्षक के रूप में काम करने की इच्छा है। लेकिन वहाँ भी दाल नहीं गलती। आख़िर हमारी छाया से भी क्यों चिढ़ते हैं ये लोग? माड़-भात खिलाकर, अधपढ़-अनपढ़ शिक्षकों के भरोसे, फुसलावन स्कूल के हमारे बच्चे, ज़्यादा से ज़्यादा स्किल्ड लेबर, पिऊन, क्लर्क बनेंगे, और क्या? यही हमारी औक़ात है। हमारी ही छाती पर ताजमहल जैसा स्कूल खड़ा कर हमारी हैसियत समझाना चाहते हैं लोग।"

हवा फिर भारी हो गई थी।

4

रहते-रहते अपना भौंरापाट स्कूल मुझे अच्छा लगने लगा था। हेडमिस्ट्रेस और टीचर्स अच्छी लगने लगी थीं, क्लास की बच्चियाँ अच्छी लगने लगी थीं, साहू जी किरानी की थोड़ी-बहुत चालाकी अच्छी लगने लगी, एतवारी तो अच्छी थी ही, उसका आदमी गन्दूर भी अच्छा लगने लगा। अब तो उससे भी दोस्ती हो गई थी। सवेरे-सवेरे, जंगल-सोता आते-जाते, नहाते-धोते हम देश-दुनिया की बातें किया करते। उसके नामकरण की भी अजीब कहानी थी। गन्दूर के पहले पैदा हुए भाई-बहन नहीं बचते थे। जन्म लेने के कुछ दिन-महीने में गुज़र जाते। गन्दूर के जन्म के समय टोटका किया गया। गन्दूर की आजी (दादी) ने उसे पैदा होते ही कपड़े में लपेटा और घर के अहाते के बाहर कूड़े के ढेर पर धर दिया। थोडी देर बाद वापस लाई। बच्चा इस बार बच गया। कूड़ा का ढेर यहाँ गन्दूर कहा जाता है सो इसका नाम ही गन्दूर पड़ गया।

लेकिन सब कुछ अच्छा-अच्छा लगने में एक ही बाधा आती थी, वह थी पाथरपाट विद्यालय की याद। असली स्कूल और फुसलावन स्कूल का फ़र्क़। रुमझुम की कड़वी-कठोर, किन्तु सच्ची बातें। यह सब याद आते ही भौंरापाट स्कूल सूअर का बखार नज़र आता। आधी-अधूरी बिल्डिंग, जैसे-तैसे बना होस्टल, मुर्ग़ी-ख़ानों जैसा शिक्षक-आवास। जहाँ साफ़-सफ़ाई होनी चाहिए वहीं सबसे ज़्यादा गन्दगी। बच्चियों के मेस में कभी झाड़ू-पोंछा लगता भी था कि नहीं! कोई ज़िम्मेवारी लेने को तैयार नहीं। केवल मेस की ख़रीदारी के लिए मारामारी। असल कमाई वहीं थी। हेडमिस्ट्रेस मुझ पर ही झल्लातीं, "इन मकई के घट्टा खाने वालों को यहाँ भात-दाल मिल जाता है, वही बहुत है। आप अपने हिसाब से क्यों सोचते हैं? कौन इन्हें अपने घरों में खीर-पूड़ी भेंटाता है कि आप मेस-व्यवस्था में सुधार के लिए मरे जा रहे हैं।" लेकिन मेरे चीख़ने-चिल्लाने का थोड़ा-बहुत असर पड़ा। थोड़ी-बहुत सफ़ाई होने लगी। दाल के नाम पर हल्दी वाला पानी नहीं, बल्कि कुछ दाल के दाने भी मिलने लगे। सब्ज़ी में आलू के दो फाँक के साथ हरी साग भी बच्चियों को मिलने लगी।

लेकिन एक और बात की ओर लालचन और रुमझुम ने इशारा किया। भौंरापाट स्कूल आदिम जाति परिवार की बच्चियों के लिए खोला गया था। किन्तु उसमें पढ़ने वाली असुर-बिरिजिया बच्चियों की संख्या दस प्रतिशत से ज़्यादा नहीं थी। ज़्यादातर बच्चियाँ हेडमिस्ट्रेस और टीचर्स के गाँव की और उनकी ही जाति, उराँव-खड़िया, खेरवार परिवार की थीं।

मैंने रजिस्टर और फ़ाइलों को ग़ौर से देखा तो बात सच निकली। एक बार फिर हेडमिस्ट्रेस, मिंज मैडम के साथ हरहर-कचकच। एक दिन लालचन-रुमझुम भी रोष में आए, तो रास्ते पर आईं, "जाइए! कोशिश कीजिए! बच्ची लोग आएँगी तो काहे नहीं एडमिशन लेंगे। ज़रूर लेंगे। बाक़ी हाफ ईयरली

परीक्षा होने वाली है। सबका टेस्ट होगा। टेस्ट के रिजल्ट के हिसाब से क्लास एलॉट होगा। आप लोग के कहने या उम्र देखकर क्लास एलॉट नहीं होगा।"

हमें शर्तें मंज़ूर थीं। सवेरे-शाम, टोला-टोला घूमना हम लोगों की रोज़ की ड्यूटी हो गई। लालचन-रुमझुम के साथ सोमा और भीखा भी आ मिले। लालचन के ही गाँव के इंटर पास लड़के थे। हम लोगों की टीम की एक महीने की मेहनत काम आई। असुर, बिरिजिया और कोरबा आदिम परिवार की सड़सठ बच्चियों का एडमिशन हुआ।

किन्तु पढ़ाई अभी भी समस्या थी। मिंज मैडम और बाक़ी टीचर्स का घर-परिवार, बाल-बच्चे थे। शहर में डेरा रखना मजबूरी थी। सो देर से आना और जल्दी जाने में कोई सुधार की गुंजाइश नहीं थी। रास्ता यही था कि साहू, किरानी बाबू, मैट्रिक पास पिऊन, एतवारी और रुमझुम बाबू भी क्लास लें। अपनी क्षमता ख़ुद जाँच कर ख़ुद ही क्लास तय करना था। यह व्यवस्था चल पड़ी। मन को कुछ संतोष हुआ। फिर सब अच्छा-अच्छा लगने लगा।

वेतन मिलने के बाद अपने कमरे को थोड़ा ठीक-ठाक किया। ट्यूबलाइट, पोर्टेबल टी.वी., गैस सिलेंडर मेरे डेरे में दाख़िल हो गए। शाम को एतवारी के दोनों बच्चे यहीं चटाई बिछाकर होमवर्क करते रहते। गन्दूर भी खाकर टी.वी. देखने आ जाते, पीछे सिलाई-कढ़ाई लेकर एतवारी भी आ जाती। अब डेरा घर-जैसा लगने लगा।

सपनों में भी भौंरापाट गाँव घर पर क़ाबिज़ हो गया। कॉलेज-यूनिवर्सिटी के दिनों के दोस्त-यार याद आने कम हो गए। उन दिनों की लड़कियों ने सपनों में ताका-झाँकी छोड़ दी। अब तो सपनों में भी मिंज मैडम कभी मुस्करातीं, कभी झल्लाती रहतीं। कभी मेरी कच्छप हिन्दी टीचर के भारी-भरकम वक्षस्थल, कभी वृहद् नितम्बिनी सुषमा सिंह खेरवार अंग्रेज़ी की शिक्षिका अनोखी मटकन वाली चाल, कभी एतवारी के जमुनिया रंग मेरे सपनों को गुलज़ार किये रहते।

5

बच्चियों के एडमिशन के चक्कर में महीने-दो महीने तक रोज़-रोज़ की घुमाई से एक बहुत बड़ा फ़ायदा यह हुआ कि मैं कई परिवारों का घरौआ हो गया। एक ऐसा अपनापन-लगाव जो कभी-कभी नज़दीकी नाते-रिश्तेदारी में भी नहीं मिलती। दो-चार घरों के दरवाज़े-आँगन-रसोई तक मेरे लिए मुस्कराहटों के पक्के पुल बिछ गए थे।

रुमझुम की आयो (माँ) और लालचन दादा की गोमकाइन (मालकिन-पत्नी) सगे से भी ज़्यादा अपने हो गए। दोनों में एक बात सामान्य थी। दोनों अथक मेहनत की सजीव मूर्तियाँ थीं। थकने का तो जैसे नाम ही नहीं। दोनों घरों में कई बार रात बिताने का मौक़ा मिला था। रात में घर के मर्द लोग खा-पीकर बिछावन में घुस, गप्प मारते खर्राटे भरने लगते। तब तक वे लोग बर्तन-बासन, चूल्हा-चौका साफ़ करती रहतीं।

मुँहअँधेरे जब भुरुकुआ आकाश में टिमटिमाता रहता, सूरज के जगने में अभी देर होती, ढेंकी जागकर अपना गीत शुरू कर देती। दिन की रसोई के लिए धान कूटने का यही समय होता। उसके बाद साफ़-सफ़ाई के बड़े बर्तन लेकर वे पहाड़ी के ढलान पर एकाध मील नीचे पझरा-झरना की ओर बढ़ जातीं। सूर्योदय के साथ-साथ, रगड़ाई-सफ़ाई से नये-नकोरे हुए चमकते बर्तनों में पानी भर लौटती दिखतीं। उनकी सुरुज देव, सिंगबोंगा से ही होड़ा-होड़ी चलती कि कौन पहले दुआर पर पहुँचता है। उसके बाद जलावन का इन्तज़ाम। घर के गाय-गोरुओं को चारा, फिर रसोई में भात राँधने का कार्य-व्यापार। उनसे निपटने के बाद बच्चों को स्कूल और मर्दों को काम पर भेजने की तैयारी। जब सब घर से निकल जाते तब अपने नहाने-धोने-फींचने की चिन्ता। उनसे उबरने के बाद ही बारह-एक बजे तक अन्न का दाना नसीब होता। लेकिन अभी भी फ़ुर्सत नहीं। खेतों में कई काम इनके ही भरोसे रहते या यूँ कहिए कि अधिकांश काम इनके ही भरोसे रहते। मर्दों के ज़िम्मे जोताई-गोड़ाई, हेंगाना-पाटा देना। मन हुआ तो बिचड़ा ढो देना और रोपाई-कटाई में मदद करना। लेकिन खेती में तो छोटे-बड़े दर्जनों तरह के काम और सबके सब औरतों के ही ज़िम्मे। जिन्हें वे हँसते-गाते-खिलखिलाते निभाती रहतीं।

लालचन भाई की गोमकाइन, हमारी भौजी, रुमझुम की आयो और ऐसी सारी असुर आदिवासी औरतें जब पसीने में ऊब-डूब करती भी हँसतीं-खिलखिलातीं तो साथ में सरना माई और धरती माई भी हँसने लगतीं। ख़ैर! सरना माई और धरती माई भी तो औरतें ही ठहरीं।

पाट पर बड़े-बड़े मिट्टी के घर। बड़ा-सा हाता। कोठरियाँ, आँगन और एक कोने में लम्बा-सा गोहाल। बरामदे में मुर्ग़ियों के भी बाड़े। ये गाय-गोरू, बकरी-छगरी, मुर्ग़ी-सूअर केवल पशु-पक्षी नहीं थे,

बल्कि आदिवासियों के पासबुक भी थे। हारी-बीमारी, शादी-विवाह इन्हीं के भरोसे। जब भी ज़रूरत होती, बेचारे मूक प्राणी हाट पहुँचा दिये जाते।

बाहर की दीवारों को बड़े जतन से महिलाएँ लीपती थीं। महिलाएँ इस समाज में सियानी कहलाती थीं, जनानी नहीं। जनानी शब्द कहीं न कहीं केवल जनन, जन्म देने की प्रक्रिया तक उन्हें संकुचित करता, जबकि सियानी शब्द उनकी विशेष समझदारी-सयानेपन को इंगित करता मालूम होता। सियानी मन-महिला लोगों को यह पता रहता था कि घर लीपने वाली काली, पीली, और सफ़ेद मिट्टियाँ कहाँ मिलती हैं। किस टाँड़ में, किस दोन में। ढलुआ, लगभग सीढ़ीनुमा खेतों का ऊपरी-पानी से वंचित भाग टाँड़ कहलाता था और नीचे का पानी-सुलभ हिस्सा दोन।

दीवारें पहले काली मिट्टी से जतन से लीपी जातीं। कमरों के फ़र्श को भी काली मिट्टी डालकर चिकने पत्थर से इतना रगड़ा जाता कि वह चिकने-चुपड़े सीमेंट के फ़र्श का भ्रम देता। दीवारों पर काली मिट्टी के लेप सूखने के बाद उन पर सफ़ेद मिट्टी का लेप चढ़ाया जाता। फिर पूरी हथेलियों को नचा-नचा कर एक वृत्ताकार आकृति उभारी जाती, जिनमें उनकी हथेलियों की छाप झलक मारती। यह अद्‌भुत हथेलियों की छाप वाले चित्र न केवल दरो-दीवार पर बल्कि खेतों-खलिहानों, जंगल-बाग़ानों, खानों, नदी-नालों, चुआँ, पझरा, सोतों, झरनों में हर कहीं दिखाई देती। कभी-कभी लगता, यह धरती, सूरज, चाँद, सितारे, कई-कई सूरज, कई-कई चाँद, हमारा पूरा ब्रह्मांड, हमारी अपनी आकाशगंगा और पूरी कायनात की लाखों-करोड़ों आकाशगंगाओं के अनंत ब्रह्मांड, सबके सब किसी स्त्री की हथेलियों से घुमेर लेकर आदि-अनंत काल से नाचते जा रहे हैं। इस अलौकिक नाच पर भी एक स्त्री की ही घूमती हथेलियों की छाप है।

लालचन दादा का परिवार, रुमझुम से बड़ा था। लालचन के आयो-बाबा, छोटे भाई बालचन, रामचन और उनकी बहुएँ, और सबके दो-दो, तीन-तीन बच्चे। लालचन की दो बेटियाँ कविता-नमिता तो मेरे ही स्कूल में पढ़ती थीं। डे-स्कॉलर थीं। घर से ही आती-जातीं। बेटा रमेश सखुआपाट के हाईस्कूल में था। लालचन के बाबा अम्बाटोली गाँव के बैगा थे। ऐसे भी बड़े प्रभावी मातबर आदमी थे। असुर समाज में उनकी बड़ी इज़्ज़त थी। ज़मीन भी काफ़ी थी। पाट पर टाँड़ खेत पन्द्रह-बीस एकड़ थे और दो पहाड़ों के बीच दोहर में भी कई एकड़ धनहर खेत थे। घर में खाने-पीने की कोई दिक़्क़त नहीं थी।

हालाँकि इस इलाक़े के लगभग सभी गाँवों में ऐसे साल भर अनाज उगा पाने वाले दो-चार परिवार होते। अधिकांश परिवारों के पास इतनी ज़मीन होती ही नहीं कि साल भर खाने के लिए मक्का भी मिल सके। फिर भी जिस घर में मजूरी खटने वाले हाथ रहते वे तो खान-खदान में खटकर पेट पाल लेते, किन्तु जिन घरों में खटने लायक़ समाँग नहीं होता उस घर का पेट तो जंगल ही पालता। महुआ, कटहल, कई तरह के कन्द और साग, सब पेट भरने के काम आते। एक कस्सा कन्दा तो खाने के पहले बहुत ही मेहनत करवाता। पहले उसे लकड़ी की राख के साथ उबाला जाता। फिर रात भर दोन खेत में उसे छोटे नाले के नीचे रखा जाता, जिससे छोटी-पतली धार गिरती हो। रात भर धार के नीचे रहने के बाद भी उन कन्दों में कस्सापन बचा तो रहता, किन्तु खाने लायक़ हो जाता।

लालचन दा से छोटा बालचन काफ़ी लम्बा, तगड़ा जवान था। मैट्रिक में एक बार फेल करने के बाद फिर उसने स्कूल का मुँह नहीं देखा। खेती-गृहस्थी में अपने को डुबा दिया। भर दम मेहनत की और भर दम खाया।

सच पूछिए तो बालचन के ही भरोसे लालचन दा, निश्चिन्त होकर गाँव-समाज में घूम-फिर पाते हैं। रामचन, बालचन से उलटा दुबला-पतला सींकिया पहलवान। पढ़ने में अच्छा था। इंटर तक की डिग्री ली। बी.ए. में पढ़ रहा था कि हर तरह के नशे की आदत लगी, खैनी-तम्बाकू से लेकर गुटका-गाँजा तक। एक दिन छुट्टी में घर पर लालचन ने डाँट दिया तो आन में परीक्षा छोड़ दी और आवारागर्दी करने लगा।

लालचन का घर सड़क किनारे तो था, किन्तु सड़क और घर के हाते के बीच भी लम्बी-चौड़ी ज़मीन थी, जिसका खलिहान के रूप में उपयोग होता था। लालचन दा ने समझदारी दिखाते हुए खलिहान की सड़क के पास वाले छोर पर सरकारी सामुदायिक भवन बनवा लिया था। इसका फ़ायदा यह था कि अब जब भी सरकारी कर्मचारी, पंचायत सेवक, ग्राम सेवक, जनसेवक आदि-आदि पाट पर चढ़ते, तो वे इसी सामुदायिक भवन में ठहरते। आराम से सरकारी योजनाओं की जानकारी लालचन दा लोगों को मिल जाती। दरवाज़े पर चाय-पानी पीने के बाद वाज़िब था कि योजनाएँ लालचन दा के गाँव को या उसके जैसे मातबर आदमी के प्रभाव में अन्य ग़रीब परिवारों को मिलती रहतीं।

अब मेरी भी शनिवार की रात और रविवार का दिन या तो अम्बाटोली में कटता या रुमझुम के गाँव कन्दापाट में।

स्कूल कैम्पस में गन्दूर से दोस्ती का यह फ़ायदा या घाटा हुआ कि कभी-कभार शनिवार-रविवार को उन सब के संग-साथ बैठकर मैं भी हँड़िया पीने लगा। चावल के फर्मेंटेशन के लिए एतवारी, रानू, चावल के आटे में पीसी हुई जड़ी-बूटी, इस्तेमाल करतीं। होली-हवाली में अपने गाँव-घर में भी मैंने भाँग-वाँग पी थी। हँड़िया का नशा उससे भी हलका होता था। सखुआ पत्ता के दोने से दो-तीन दोना पीने पर हलकी ख़ुमारी-सी हो जाती थी।

कभी-कभार एतवारी भी हमारे साथ बैठती। ख़ुमारी के दो लाभ होते। एक तो वे भूल जाते कि मैं स्कूल का साइंस टीचर हूँ और वे पिऊन, लेबर हैं, दूसरा कि वे अपने में मुझे शामिल करने लगे। बाहरी आदमी वाला भाव लोप होने लगा।

उस शनिवार की रात अम्बाटोली में ही बैठकी जमी थी। हँड़िया-वड़िया पीकर कटहल-भात जमकर उड़ाया गया। लालचन भौजी थोड़ा ज़्यादा ही मुझे मानतीं। जब भी दस-पाँच दिन पर उनके यहाँ पहुँचता तो उन्हें मैं पहले से ज़्यादा दुबला दिखता। एतवारी गाँव के नाते से ननद लगती थी, सो मज़ाक़ करती कि वह ठीक से आपको खिलाती-पिलाती नहीं है, आपका हिस्सा भी ख़ुद ही खा जाती है, इसलिए दिन पर दिन मोटी होती जा रही। और भी कई-कई हँसाने वाली बातें। भौजी मूड में रहतीं तो खाना खिलाते समय कई देवर-भाभी वाली गीत गुनगुनाकर सुनाया करतीं। एक गीत अक्सर गातीं—

काहे रे देवरा मन तोरा कुम्हले,
काहे रे मन सूखी गेला रे,
भूखे रे देवरा मन तोरा कुम्हले,
पियासे मन सूखी गेला रे।

भोजन का नशा, हँड़िया का नशा, भौजी की हँसी और गीत का नशा। सवेरे नींद बहुत देर से खुली। दरवाज़े पर भारी भीड़ थी। लालचन दा और उनके बाबा निकले। सब अखड़ा की ओर बढ़ गए। अखड़ा हर गाँव के बीच या किनारे एक सार्वजनिक स्थल होता, जहाँ गुरुवार के दिन गाँव के सारे बुज़ुर्ग, समझदार, सयाने बैठते और गाँव-घर-समाज की समस्या पर बतियाते। उसी अखड़ा में पर्व-त्योहार सरहुल, हरियारी, सोहराय पर रात भर माँदर बजता। रात भर गाँव-गाँव से जवान लड़के जुटते। लड़कियाँ जुटतीं।

झूमर, जदुरा के बोलों पर रात भर चाँद नाचता। सखुआ और पलाश नाचता। कनेर और अमलतास नाचता। नदी-झरना पहाड़ नाचते। एक साथ पूरी प्रकृति नाचती।

लेकिन आज न तो पर्व-त्योहार था और न बीफे-गुरुवार। भीड़ भी गरम थी। पर्व-त्योहार वाली मस्त-मदमस्त नहीं। लगा रामचन ने फिर कहीं उलटा-पुलटा कर दिया है। इन्हीं ग़लत-सलत हरकतों के कारण उसकी जल्दी शादी करवा दी गई थी। किन्तु यहाँ-वहाँ मुँह मारने की आदत नहीं छूटी थी। पाट के दो दर्जन से ज़्यादा खदानों के मेठ-मुंशी सब बाहर वाले थे। किसी ने परिवार नहीं रखा था। सबको डेरा में काम के लिए असुर लड़कियाँ ही चाहिए थीं। क्यों चाहिए यह बताने की ज़रूरत थोड़े ही है। रामचन जैसे बिगड़ैल असुर जवान ही उनके हथियार बनते और बड़ी आसानी से एक-एक डेरा में दो-दो, तीन-तीन लड़कियाँ खटती दिख जातीं। फिर उन्हें रामरति बनने में देर नहीं लगती। ऐसी शिकायतें अक्सर लालचन दा और उनके बाबा के पास पहुँचती रहतीं।

लेकिन मेरी अटकलें ग़लत निकलीं। आज की भीड़ रामचन की शिकायत लेकर नहीं आई थी, बल्कि सोमा के साथ आई थी, जो अपने बाबा की शिकायत लेकर आया था। मोटा-मोटी बात यह थी कि सोमा के बाबा ने एक एकड़ खेत मात्र पाँच हज़ार रुपये में एक खदान के दलाल को दे दिया था। बिना घर में बात-विचार किये, जवान-जहान बेटे के भविष्य का ख़याल किये, सादे काग़ज़ पर ठप्पा लगाया, क्यों? सवाल सोमा बाबा का ही नहीं था। जिसे देखो, वही फुसलावन-लस्सा लगावन के चक्कर में पड़ रहा था।

छोटे-बड़े सभी खदान-मालिकों का एक ही रवैया। लीज़ की भूमि पर कम, वन विभाग, ग़ैर मजरुआ जमीन, असुर रैयत की ज़मीन से ज़्यादा खनन किया करते। अवैध खनन खुले आम और वर्षों से जारी था।

रुमझुम और लालचन दा का घूम-घूम कर समझाना काम नहीं आता और न कलेक्टर-एस.पी. को आवेदन लिखना। एक बार पूरी खोजबीन कर अवैध खनन वाली भूमि का मौजा, खाता, प्लॉट रकबा वहाँ से बॉक्साइट ढोने वाली गाड़ियों के नम्बर सहित दस-पन्द्रह पेज की दरख़्वास्त ख़ुद रुमझुम-लालचन दा कलेक्टर के ऑफ़िस में उसके हाथ में दे आए। बाद में मालूम हुआ, ज़िला खनन पदाधिकारी को जाँच की जिम्मेदारी सौंपी गई है। बिल्ली को दूध की रखवाली का भार! सो, न कुछ होना था न कुछ हुआ। हाँ, शिंडाल्को कम्पनी ने कलेक्टर साहब की मजिस्ट्रेट कॉलोनी में सोडियम वेपर लाइटें सारे बिजली के खम्भों पर लगवाईं और उसके रख-रखाव की ज़िम्मेवारी भी सँभाली। साथ ही मजिस्ट्रेट कॉलोनी के एक पार्क के रख-रखाव, फूल-माली का ख़र्चा भी कम्पनी के माथे थोप दिया गया। यही पन्द्रह-पेजी दरख़्वास्त का असर था। सो, लालचन दा और रुमझुम जैसे लोगों ने सामाजिक दबाव बनाना शुरू किया—रैयती ज़मीन कम्पनियों को नहीं देनी है। नहीं तो धीरे-धीरे पाट पर खेती तो छोड़िए, रहने और पैर धरने की ज़मीन नहीं बचेगी। अबकी बार असुर भागकर कहाँ जाएँगे?

लेकिन आज तो सोमा का बाबा गूँगा हो गया है। कौनो बात का जवाबे नहीं। फोड़ते रहिए दीवार से सिर। घंटा गुज़र गया। सूरज चढ़ने लगा। सबको अपने-अपने काम-काज। आख़िर लालचन के बाबा उठे और बूढ़े को अखड़ा से दूर किनारे ले गए। लगा, सोमा का बाबा भोंकार पारकर रो रहा था। यहाँ अखड़ा तक रुलाई की आवाज़ आ रही थी। पूरे अखड़ा को जैसे काठ मार गया। लालचन बाबा ने लौटकर अपने बेटे के कान में कुछ कहा। लालचन ने रुमझुम के कान में। धीरे-धीरे सारा अखड़ा जान गया। लोग भारी पैरों से सिर झुकाकर एक-एक कर निकलने लगे। बात यह थी कि सोमा

की बहन जो थोड़ी दूर ब्याही थी, दो-तीन दिन पहले उसे माथे वाला बुख़ार, सेरेब्रल-मलेरिया हो गया। ससुराल के लोग दामाद-समधी सब उसे ढो-ढाकर शहर के प्राइवेट क्लीनिक में पहुँचाए। क्या-क्या दवा-पानी चढ़ाया सब, फिर भी बेटी नहीं बची। किन्तु बिना दावा-दारू-फ़ीस का पैसा जमा किये मिट्टी रोक लिये। दामाद ने कुछ इन्तज़ाम किया और अधमरे से ससुराल, सोमा बाबा के दुआर पहुँचे। मिट्टी-बेटी की लाश तो हर हाल में वहाँ से लानी थी, सो बूढ़े के पास कोई चारा ही नहीं था।

6

अपने देवता सिंगबोंगा की तरह असुर आदिम जाति भी कभी थकती नहीं। आग से उत्पन्न, कभी लोहा पिघलाने और पिघला लोहा खाने वाले लोग ख़ुद भी लोहा थे। केवल मक्का या कन्दा खाकर लोग इतना खट सकते हैं, यह विश्वास नहीं होता। पाट की खेतिहर भूमि भी पानी के अभाव में बंजर पत्थर-सी दिखती। बरसात के पहले उसी पथरीली भूमि को कोड़-जोतकर तैयार करने में वे रात-दिन लगे रहते। खदान की मजूरी भी कम देह-तोड़ने वाली नहीं थी। इसी श्रम-रस में डूबते-उमगते, सरहुल, हरिअरी, सोहराय, सडसी-कूटासी पर्व-त्योहारों में, अखड़ा में, जदुरा, झूमर, करम नाचते, अपने बैगा-पूजार-पाहन के साथ सामुदायिक जीवन जीते, वे ज़िन्दगी का घोड़ा दौड़ाते रहते।

देखते-देखते ही साल गुज़र गया। खरीफ़ में मक्का और थोड़ा-बहुत धान और रब्बी में सरगुजा और उड़द। पाट की धूसर धरती को हरी-भरी चूनर चढ़ाते।

दूर-दूर फैले सरगुजा के नन्हे फूल, नन्ही सूरजमुखी—अपनी ख़ूबसूरती से माहौल ही बदल देते। धरती पीली चूनर ओढ़ मन्द-मन्द मुस्कराती दुल्हन-सी दिखने लगती। कभी लगता सिंगबोंगा-सूरज भगवान की किरणों ने ही ख़ुद इन तिलहन के फूलों का रूप धारण किया है। सरगुजा के पीले फूलों की चूनर, धरती माई की मुस्कान-गुनगुनाहट से फ़िज़ा झूमती-सी लगती।

बैगा-पुजार-पाहन, पर्व-त्योहार, नक्षंत्र-काल, देख सरना-स्थल पर पूजा-पाठ करते। पाट देवता, सरना माई, महादनिया-महादेव, सिंगबोगा, गाँव-घर पर प्रसन्न रहते। खेत-खलिहान, गाय-गोरू, बाल-बच्चा, परिवार-टोला सबका कुशल मंगल हो, यही हर पूजा की कामना होती। गाँव के सीमान के देव, दरहा की पूजा कर गाँव निश्चिन्त होकर सोता। पितर-पूर्वज को तो लोग हर वक़्त याद करते। नये जन्मे बच्चे के नामकरण के समय पितर-पूर्वज न केवल याद किये जाते, बल्कि विश्वास था कि वे सबके-सब वहीं उपस्थित रहते। दोना के पानी में पूर्वजों का नाम ले-लेकर चावल के दो-दो दाने डाले जाते। जिनके नाम से दाने पड़ते और डूब जाते तो यह माना जाता कि वह पितर बच्चे को अपना नाम देने को इच्छुक नहीं। जिनके नाम से डाले गए दाने न केवल पानी में तैरते रहते बल्कि उनके सिरे भी सट जाते, तो उसी पितर का नाम बच्चे को मिल जाता।

सिंगबोंगा गर्मी के दिनों में भर दम ग़ुस्सा कर, आँखें लाल-पीला करके ऊब चुके थे। आषाढ़ की बौछारों ने खरीफ़ की फ़सल की तैयारी का इशारा किया था। गाँव-घर में व्यस्तता बढ़ गई। मर-मेहमानी के दिन बीते। अब हाड़-तोड़ खटने के दिन आ गए। पूर्णकालिक घुमक्कड़, लालचन दा और रुमझुम से भी भेंट मुश्किल हो गई। अब सखुआपाट में डॉक्टर रामकुमार या बुधनी की चाय दुकान में टाइम पास करना पड़ता। बुधनी की चाय दुकान की अपनी ख़ासियत थी।

बुधनी थी तो मेलन असुर, हेडमास्टर साहब की भाभी, छोटे भाई की पत्नी। मेलन हेडमास्टर साहब असुर-आदिम जाति के पहले एम.ए. थे। वे सखुआपाट से लगभग चालीस-पैंतालीस मील दूर आवासीय हाई स्कूल में हेडमास्टर थे। परिवार सखुआपाट में ही था। छोटा भाई, बुधनी का आदमी बौध था, मन्दबुद्धि। हेडमास्टर साहब की अपनी गोमकाइन बिलकुल घरेलू और सीधी-सादी औरत थीं। मुँह में बोली नहीं। बस घर-गृहस्थी के कामकाज में सिर झुकाकर लगी रहतीं। खेती-बारी उतनी नहीं थी। हेडमास्टर साहब ने बड़ी कठिनाई से पढ़ाई पूरी की थी। किन्तु एक आदमी की कमाई से बड़े घर का ख़र्च नहीं पूरता था। सो चार-पाँच साल पहले बुधनी अपने गोमके (मर्द) और बाल-बच्चे के साथ असम-भूटान निकल गई। कई तरह के काम-धन्धे किये। डिब्रूगढ़ के शिवसागर के चाय बाग़ान के पास उसकी चाय-गुमटी चल निकली थी। बिहार-बंगाल के लड़कों को हेल्परी में रखा। उन्हीं से तरह-तरह के पकवान बनाना सीखा। झारखंडी धुसका-घुघनी के साथ-साथ, इडली, बिहारी गुलगुला, प्याजी, कचड़ी, सेव-बुँदिया, चाय के साथ-साथ उसकी गुमटी की शोभा बढ़ाते। बुधनी की मीठी बोली, साफ़-सुथरेपन की ज़िद्द और चेहरे का नमक, सब मिलाकर ग्राहकों के भीड़ खींचते।

सब ठीक-ठाक ही चल रहा था कि हिन्दी बोलने वाले एकाएक वहाँ पराये हो गए। रात में चाय बागान कॉलोनी में गोलियाँ बरसने लगीं। काली रात, स्याह, गर्म कोलतार की नदी में बदल गई। देखते-देखते कॉलोनी के जवान-जहान देह निर्जीव लकड़ी के लट्ठे से गर्म-खौलते कोलतार की स्याह नदी में डूबने-उतराने लगे। उस रात की कोई सुबह ही नहीं हुई। सूरज भी शायद अपने मुँह पर कोलतार मले यहाँ-वहाँ छुपता रहा।

बुधनी सब छोड़-छाड़, मर्द और बच्चों के साथ जैसे-तैसे सात-आठ दिनों की यात्रा के बाद सखुआपाट पहुँची। सियानी बुधनी उस ख़ौफ़नाक मंज़र और भयावह भगदड़ में भी बैंक के बचत खाते, डेरे में रखी नगदी और गहने लेना नहीं भूली थी। मेलन, हेड साहब और रामकुमार दा की भागदौड़ और कोयलबीघा ब्लॉक के स्टेट बैंक मैनेजर कुजूर साहब के सहयोग से पैसे ट्रांसफ़र होकर आ गए। फिर तो बुधनी को सखुआपाट में अपनी दुकान खोलने में दिक़्क़त नहीं हुई। थकान-परेशानी एक झटके में झाड़कर खड़ी हो गई। आख़िर वह भी असुर सियानी थी। उसकी रगों में भी पितरों का पीया हुआ पिघला लोहा ही दौड़ता था।

लेकिन शुरू-शुरू में सिंह जी के जमे-जमाए होटल के सामने उसकी नई दुकान की तरफ़ कोई झाँकता ही नहीं था।

"असुरिन का जानी पकावे धुसका और गुलगुला हो!"

"ऐसनो ई मन गन्दा-शन्दा रहेना, ई मन के छुअल नी खाए के चाही।"

सिंह जी का मुँहा-मुँही प्रचार-तंत्र भी तो अपना काम कर रहा था।

जिसके पास जितना पैसा रहता है, उसे उतनी ही पैसे की हाय-हाय लगी रहती है। सिंह जी को ट्रकों के ड्राइवर-खलासी, हाट-बाज़ार के दुकानदारों और माइंस ऑफ़िस के कर्मचारियों से भरे होटल की आमदनी से सन्तोष नहीं था। शाम होते वहाँ चुपके से हँड़िया-दारू की भी बिक्री शुरू हो जाती। खरीफ कटनी के बाद लेबर सप्लाई से भी अच्छा पैसा बनाते थे सिंह जी।

"खास कर लड़की—सियानीमन के सप्लाई में थोड़ा ज्यादा ही इंटरेस्ट लेता था सिंहवा।" लालचन दा ने कहानी सुनाई थी, "उसके हरामी दलाल घर-घर सूँघा करते। कोई बाहरी जन दलाल थोड़े थे। यही रामचन जैसे घरे-गाँव के आदमी दलाली करते थे। कच्ची उम्र की लड़कियन को फुसलाना।

दिल्ली-कलकत्ता का सब्जबाग दिखाना। जिस घर में मर्द-औरत में नहीं पट रही हो, उस घर की औरत को फुसलाना। खरीफ कटनी के बाद का हाट बाजार ऐसने दलालों से भरा रहता। यूँ तो नीच लोधमा की पाँच लड़कियों में से एक आठवीं पास थी। उसने जैसे-तैसे पोस्टकार्ड भेजा। हाट के दिन डाकिये ने डॉक्टर साहब के हाथों में वह पोस्टकार्ड थमाया, तो पता चला क्या-क्या अत्याचार सहती हैं हमारी बेटियाँ। न जाने दिल्ली के कौन से मुहल्ले की मालिशवाली दुकानदारिन के हाथों बेची गई थीं। थाना-पुलिस हुआ। हम सब एस.पी. ऑफिस के सामने अनशन पर बैठे तो दिल्ली में छापा-वापा पड़ा। बेटी सब वापस आई हैं। तब ई सिंहजीवा का भेद खुला। उन्हीं लड़कियों के बयान पर सिंह जी बाप-पुत्ता समेत जेल की हवा खाने गए।"

शायद पाट देवता, सरना माई, सिंगबोंगा, महादनिया-महादेव की आँखों से कुछ छुपा नहीं रहता। सिंह होटल पर ताला लटका। तो स्वाभाविक था लोग मजबूरी में बुधनी की चाय दुकान पर पहुँचे। फिर तो बुधनी के 'पेशल' चाय का चस्का लगना ही लगना था।

"आऊर ऐसन धुसका, कचड़ी, प्याजी, बुनिया का सुवाद तो आज तक भेंटबे नहीं किया था।"

इस 'सुवाद' ने तो पूरे सखुआपाट बाज़ार को बुधनी की चाय दुकान का मुरीद बना दिया। ऊपर से दो-दो अख़बार। फुल वॉल्यूम में रेडियो से समाचार। साफ़-सफ़ाई। मीठी बोली। दुकान में ठेलम-ठेल रहता।

मैंने भी लोकल हाट में एक कैनवस का जूता ख़रीदा था। सूर्योदय के ठीक पहले भौंरापाट से जॉगिंग करता चार किलोमीटर सखुआपाट पहुँचता। बुधनी दी के हाथों की स्पेशल चाय पीता। फिर मूड रहता तो तेज़ टहलते या बॉक्साइट ट्रक से लिफ़्ट लेकर लौट जाता। दिन भर देह में फुर्ती बनी रहती।

शुरू-शुरू में एतवारी थोड़ा क्या, बहुत नाराज़ हुई, "खाली चाह पीएले ओतना दूर जाने का का मतलब है।"

कुछ दिनों तक भुनभुनाती रही, फिर मन मार लिया। धीरे-धीरे वह अपना पूरा अधिकार जतलाने लगी थी, जो मन को कहीं अच्छा ही लगता था।

भोरे-भोरे उस दिन चाय की दुकान पर ही समाचार मिला कि नीचे अम्बाटोली देवी थान पर लालचन दा के चाचा को 'पूज' दिया है लोग। कटा सिर वहीं पड़ा है।

7

मैं डेरा में एतवारी को छुट्टी की दरख़्वास्त देकर साइकिल लेकर भागा। आँधी-सा अम्बाटोली पहुँचा। घर लगभग सुनसान। सारे लोग, नीचे महुआ टोली दौड़ गए थे। जंगल-पहाड़ से रास्ता देखा हुआ नहीं था, इसीलिए एक बड़े बच्चे को टोले में ढूँढ़ा और साथ लेकर तेज़ी से बढ़ा।

आधा घंटा-चालीस मिनट महुआ टोली पहुँचने में लगा। देवी थान में सिर वैसे ही पड़ा था। दोन खेत से धड़ को खटिया पर लादकर ले आया गया था। कोयलबीघा थाना हाज़िर था। फुसफुसाहट थी कि गोनू सिंह के ख़ानदान का काम है। पाँच एकड़ धनहर दोन पर कब से नज़र थी! कई बार बेचने का दबाव बना चुका था। लालचन दा के चाचा के खेत की अग़ल-बग़ल के खेत धीरे-धीरे गोनू सिंह के दख़ल में आ गए थे। यह ज़ालिम ख़ानदान तीन एकड़ टाँड़ से सौ एकड़ दोन का मालिक कैसे बना, यह इलाक़े भर को पता था।

लेकिन बेटा-भतीजा-दामाद के लम्बे-चौड़े ख़ानदान के भय से कोई मुँह नहीं खोलना चाहता। वक़्त पड़ने पर कनारी बबुआनी की लाठियाँ भी गोनू ख़ानदान के पीछे खड़ी होतीं। सो भय तो था ही। फुसफुसाहट दब जा रही थी। एफ.आई.आर. अज्ञात के नाम से ही लिखी गई। वही ज़ालिम ख़ानदान के चट्टे-बट्टे, अभी हितैषी बने मँडरा रहे थे। बढ़-चढ़ कर मदद का दिखावा। खटिया बन्दोबस्ती के बाद पोस्टमार्टम के लिए ट्रैक्टर भी हाज़िर। लालचन दा और उनके चचेरे भाई पोस्टमार्टम के लिए गए। रुमझुम और बाक़ी भीड़ के साथ मन-मन भर भारी पाँव लिये सब पहाड़ चढ़ने लगे।

घंटे-डेढ़ घंटे में मैं अपनी कोठरी में था। साथ में रुमझुम भी। खाना ढककर रखा हुआ था। किन्तु न खाने की इच्छा हुई, न स्कूल जाने की। थोड़ी देर में एतवारी ने झाँका। खाना वैसा ही पड़ा देख सब समझ गई। ख़बर से उसका मन भी भारी था। आँखें छलछला जा रही थीं। कुछ बोली नहीं। चाय बनाकर थमा गई। चाय तो पीनी पड़ी।

रुमझुम की स्थिति मैं समझ रहा था। हम नज़रें मिलाने से बच रहे थे। यह केवल एक लालचन दा के चाचा की हत्या का सवाल नहीं था और न किसी असुर पर पहली बार या आख़िरी बार आक्रमण हुआ था। न यह पहली बार ज़मीन के टुकड़े के लिए हत्या हुई थी। यह हज़ारों-हज़ार साल से चल रहे घोषित-अघोषित युद्ध की नवीनतम कड़ी मात्र थी। कटे सिर ने हमारी काल और देश की समझ को गड़बड़ा दिया था। समझ में ही नहीं आ रहा था कि हम वैदिक काल में हैं कि 21वीं सदी में। वर्तमान अतीत में ढलता जा रहा था और अतीत की क़त्लो-ग़ारत वर्तमान में नज़रों के सामने नाच रही थी। वह क्या था जिसके कारण एक समुदाय बहुसंख्यक समुदाय के लिए 'अन्य' में तब्दील हो गया। हमसे अलग, 'अन्य', एक शत्रु। चूँकि उसके जीवन-यापन

का तरीक़ा हमसे भिन्न था, इसीलिए वह हत्या के योग्य, गालियाँ देने योग्य कैसे हो गया? आग की खोज, धातुओं की खोज, धातु पिघलाने की कला किन्हीं को इतनी बुरी क्यों लगी कि इस कारीगर जाति को बार-बार आक्रमणों में नष्ट होने और पीछे हटने को मजबूर होना पड़ा।

बरबस प्राचीन अमेरिका के इंका, माया, एज्टैक और सैकड़ों अन्य रेड इंडियंस याद आए। इसी तरह से खदेड़े जाने वाले, इसी तरह से मार दिये जाने वाले। असुरों की तरह ही उनकी भी चन्द संख्या ही बची थी। बदहाल ज़िन्दगी गुज़ारती, संस्कृतिविहीन, भाषाविहीन, साहित्यविहीन, धर्मविहीन। शायद मुख्यधारा पूरा निगल जाने में ही विश्वास करती है। यह उनकी उदारता है कि इंका, माया, एज्टैक एवं अन्य रेड इंडियंस से सम्बन्धित ढेर-ढेर साहित्य, ढेर सारे अजायबघर वहाँ मौजूद हैं। छाती ठोंक-ठोंक कर अपने को अत्यन्त सहिष्णु और उदार कहने वाली हिन्दुस्तानी संस्कृति ने असुरों के लिए इतनी भी जगह नहीं छोड़ी थी। वे उनके लिए बस मिथकों में शेष थे। कोई साहित्य नहीं, कोई इतिहास नहीं, कोई अजायबघर नहीं। विनाश की कहानियों के कहीं कोई संकेत मात्र भी नहीं।

कभी-कभी कोई पगलेट मानवशास्त्री या पुरातत्त्ववेत्ता इशारे करता रहा कि आज़मगढ़ से चौबीस किलोमीटर दूर धासी नामक स्थान पर मिट्टी के क़िले के अवशेष हैं जिन्हें जनश्रुति असुरों का मानती है। आज़मगढ़ में ही कुँवर और मुंगी नदियों के किनारे के खँडहर आज भी असुरों के कहे जाते हैं।

कहते हैं, शक्तिशाली राजा बाणासुर ने उत्तर भारत के बड़े हिस्से, उत्तरी बंगाल और असम तक शासन किया। उसके नाम से कई जगहें मिलती हैं, ख़ासकर शाहाबाद के एक गाँव मसाढ़ की पक्की ईंटों के खँडहर और जनश्रुति वहाँ बाणासुर की उपस्थिति और उसकी बेटी उषा की कृष्ण के पोते अनिरुद्ध

से विवाह की कहानियाँ सुनाती हैं। बाणासुर के महल के पूर्वी छोर का तालाब अभी भी उनके ही नाम से जाना जाता है।

आरा से तीन किलोमीटर दूर स्थित बकरी गाँव बकासुर का बसाया हुआ कहा जाता है। पांडवों से उसके संघर्ष की कहानी आज भी वहाँ सुनी-सुनाई जाती है। और उसके आगे गया, जिसे गयासुर नामक असुर ने बसाया। मगध का प्रतापी राजा जरासन्ध सम्भवतः असुर कुल का सबसे विख्यात सम्राट हुआ, राजगृह जिसकी राजधानी हुआ करती थी। नवादा के सिधौल गाँव से होकर राजगीर जाने वाली बहुत पुरानी, किन्तु आज भी बेहतरीन सड़क असुरिन ही कहलाती है। यानी कि हज़ारों-हज़ार साल से पीछे हटते-हटते इस पाट पर। धरती का आख़िरी छोर। अब यहाँ से कहाँ? नष्ट करने की प्रक्रिया तो आज भी जारी है। ज़मीन और बेटियाँ चुप-चुप, शान्त-शान्त, किन्तु रोज़ छीनी जा रहीं।

न जाने यह सब रुमझुम ने कहा भी या नहीं। लेकिन मैंने सुना। कुछ पढ़ी हुई बातें, कुछ सुनी हुई बातें, कुछ कही गई बातें, सब उस मौन में गूँजती रहीं। पराजित जाति की सिसकियाँ इतिहास के पन्नों के बाहर समय के दरवाज़े को थरथरा रही थीं।

8

गोनू उर्फ़ गणेश्वर सिंह राजपूत था कि खेरवार, इस बात को लेकर भारी विवाद, बतकुच्चन होता रहता। वह अपने को राजपूत ही कहता। अपनी बेटियों को बग़ल के ज़िले के राजपूत घरों में ब्याहा था। किन्तु बेटे-भतीजों की शादी शायद राजपूतों के यहाँ नहीं हो सकी थी। यह भी शायद वाली ही बात थी। कोई कन्फ़र्म करने को तैयार नहीं था। सवाल पूछे कौन? हूबहू बिल्ली के गले में घंटी वाला मामला।

बूढ़-पुरनिया बताते कि गोनू का बाप इलाक़े का नम्बरी डकैत था। छह-साढ़े छह फ़ीट लम्बा और कुच-कुच करिया। डोम्बा टोली का एक उराँव उसी का जोड़ा-पारी। वह भी उतना ही लम्बा-तगड़ा। दोनों ने गाँव-जवार पर दया की। कभी भी अपने इलाक़े में चोरी-डकैती, छिनतई-मर्डर नहीं किया।

दोनों बरसात या बरसात के ठीक बाद के दिनों में अपना काला धन्धा करते। कोयल नदी पूरी चौड़ाई में लबालब उफनाती रहती। न कोई पुल-पुलिया, न कोई नाव। दोनों पहलवान बाहु के भरोसे, सोना-गहना, रुपया-पैसा कपड़े में लपेट, मुरेठा बाँध, उफनाती नदी तैरकर पार कर जाते। पुलिस अगर पीछा भी कर रही होती तो कोयल के किनारे तक। उसके बाद कोई उपाय कहाँ? बरसाती कोयल कई घटनाओं को अंजाम देती, जिनकी ख़बर बाहर लग ही नहीं पाती।

गोनू के बाप ने डकैती की कमाई से तीन एकड़ टाँड़ को तीस एकड़ दोन में बदल दिया। अब गोनू की बारी थी। उसने डकैती का रूप-रंग बदल दिया। हाई स्कूल तक की पढ़ाई काम आई। विधायक के संग ब्लॉक-थाना ज़िला-कचहरी घूमने-फिरने के अपने फ़ायदे थे। उसने बाजू के बदले दिमाग़ का इस्तेमाल किया।

सबसे पहले उसने गाँव का घर बड़े भाई के ज़िम्मे छोड़ कोयलबीघा बाज़ार टाँड़ में ऐसी जगह घर बनाया जहाँ बरामदे में कुर्सी पर बैठे-बैठे थाना- हॉस्पिटल और ब्लॉक—तीनों का नज़ारा मिला करता था।

लगातार ब्लॉक-अंचल में उठने-बैठने से सरकारी योजनाओं की ठेकेदारी की समझ आ गई। अब तो यह आलम था कि बेटा राजेन्द्र सिंह, भतीजा वीरेन्द्र सिंह, दामाद प्रकाश सिंह और दामाद के भाई बाबू अजोध्या सिंह, और ख़ुद की कुल पाँच-पाँच बुलट मोटरसाइकिलें एक साथ फटफटाती ब्लॉक ऑफ़िस पहुँचतीं तो अच्छे-ख़ासे करेड़ अफ़सर की भी फट जाती। ब्लॉक-अंचल की ठेकेदारियों को तो छोड़िए, अब तो कोयलबीघा प्रखंड की कोयल नदी से उत्तर वाले सारी पंचायतों में जिस भी विभाग का काम हो उसे गोनू ख़ानदान के अलावा कोई और हाथ ही नहीं लगा सकता था।

बाप की तीस एकड़ दोन भूमि को गोनू सिंह ने पचास की उमर पार करते सौ एकड़ में बदल दिया। लेकिन चुगलख़ोर कहते हैं कि बीस एकड़ भूमि खेरवार आदिवासी बनकर सरकार से बन्दोबस्त करवा ली थी। इसीलिए लोगों को यह शक होता था कि वह खेरवार है कि राजपूत। लेकिन उससे और उसके ख़ानदान से पूछे कौन? उसके घर में कल का पैदा हुआ छोकरा भी आग ही मूतता था। वैसे इस इलाक़े में यह कहावत मशहूर थी कि घटले खेरवार और बढ़ले राजपूत। यानी कि खेरवार के घर सम्पत्ति आ जाए तो वह राजपूत हो जाता है और सम्पत्ति घट जाए तो फिर निरीह खेरवार आदिवासी बन जाता है।

पर्व-त्योहार पर गोनू सिंह को तीन-चार दर्जन साड़ियाँ बाँटनी पड़तीं। उसे तो अब याद भी नहीं था कि जवानी में किस-किस गाँव में, किस-किस जाति की रखनी छोड़ रखी थी। इसीलिए होली-दीवाली में जब उसकी कथित उपपत्नियाँ, जिनमें कई उससे भी ज़्यादा बुढ़ा गई थीं, साड़ी-बख़्शीश, ख़र्चा-पानी वसूलने आतीं तो कइयों को तो वह पहचान भी नहीं पाता। अब पोता-पोती जवान हो रहे थे, सो थोड़ा अखरता भी था।

लेकिन गोनुआ तो गोनुआ ही था। अपने ज़ालिम बाप की सच्ची औलाद। ऐसा भी नहीं था कि उसने बूढ़ा होते कंठी धारण कर ली थी। रखनियों की जवान बेटियों का भी भरपूर इस्तेमाल करता। किसको थाना के बड़ा बाबू से सटाना है, किसको बी.डी.ओ. साहब के लिए बचाना है और कौन विधायक जी के नाइट हाल्ट में गोड़ दबाएगी? सबका हिसाब-किताब बुढ़वा रखता।

इस नाइट हाल्ट की भी छोटी-सी कहानी थी। कहते हैं गोनू सिंह को ब्लॉक-अंचल के अफ़सरों के साथ बैठते-बैठते अंग्रेज़ी बोलने का शौक़ हो गया।

बातचीत में अंग्रेज़ी का एक-आध शब्द ठोंका करता। एक बार विधायक ब्लॉक में आए हुए थे। गोनू दाएँ-बाएँ डोल रहे थे। शाम हो गई थी, सो रुकने का निवेदन करना था। अफ़सरों के सामने रुआब डालने के ख़याल से उन्होंने विधायक जी से अनुरोध किया कि "हुज़ूर! आज यहीं रात में 'नाइट फॉल' किया जाए।" वे नाइट हाल्ट के बदले नाइट फॉल बोल गए। बात तो मुँह से निकल गई थी। एक पल के लिए लोगों को भक्क मार गया कि क्या बोल रहे हैं गोनू सिंह? अगले ही पल माज़रा समझ में आ गया, फिर तो जो ठहाके लगे कि मत पूछिए। गोनू मुँह ताकते रह गए।

काली कमाई की काली स्याही रगों में दौड़ने लगती है। उसकी काली छाया से ख़ुद का घर भी नहीं बचता। यह तो गोनू ख़ानदान ने कई बार महसूस किया, किन्तु धन की ख़ुमारी में सब भूल जाते। कहते हैं कि गोनू की एक परित्यक्ता बहन मैके में ही बस गई थी। ज़ुबान की बहुत तीखी। गोनू की घरवाली उसकी मिरची जैसी बोली-ठोली से आजिज़ आ गई थी। एक हाट के दिन घर सुनसान था। ननद मन भारी होने के कारण घर में ही थी। गोनू-बहू ने एक ही कुल्हाड़ी में उसका काम तमाम कर, लाश अहाते के कोने के गोबर के ढेर में छुपा दिया। रात में जब खोज-ख़बर हुई तो अजानी बनी रही। दो-तीन दिन बाद जब दुर्गन्ध का भभका उठा तब घर के लोगों को पता चला। शक तो था, पर किसी ने देखा नहीं था। इसीलिए कोई उँगली नहीं उठा सका। कोयल नदी की डूब्बा लहरों ने हर बार की भाँति इस बार भी इस ख़बर को बाज़ार टाँड़-थाना-पुलिस तक पहुँचने नहीं दिया। गाँव के चौकीदार की क्या मजाल की ज़ुबान हिला दे!

लेकिन अब घर के बाक़ी लोगों को तो छोड़िए, ख़ुद गोनू सिंह को भी अपनी घरवाली से भय लगने लगा। कुछ वर्षों बाद जब एक जवान भतीजी

इसी तरह ग़ायब हो गई और लाश भी नहीं मिली तब गोनू और उसके भाइयों के सामने कोई चारा नहीं बचा। एक रात ख़ुद अपनी ही घरवाली के छोटे-छोटे टुकड़े, गोनू सिंह ने कोयल नदी में बहा दिये।

रूपये-पैसे, जर-ज़मीन की कोई कमी नहीं थी, फिर भी गोनू सिंह और उसके ख़ानदान की भूख मिटती नहीं थी। लालचन दा के ख़ानदान के उस धनहर खेत पर नज़र बहुत पहले से थी। चाचा उस दिन बिचड़ा डालने के पहले हेंगा देने अकेले चले गए। शायद मुँहअँधेरे ही उतरे होंगे। अकेले सन्नाटा देख काम करने वाले ने सफ़ाई से अपना काम कर दिया। इतना कठकरेज हत्यारा था कि खेत से पौन मील दूर के देवी थान में लाकर कटे हुए सिर को चढ़ा दिया। अक्षत, दूब, दिया-बाती, सिन्दूर, आम-पल्लो सब पूजा-पाती का पूरा प्रबन्ध। लालचन दा के चाचा का कटा सिर मेरे ध्यान से उतर ही नहीं रहा था। कई दिनों तक ठीक से खाना नहीं खाया गया। नींद भी बीच-बीच में उचट जाती। उन्हीं दिनों रुमझुम ने अमेरिकी मूलवासियों के विनाश से जुड़ी एक किताब लाकर दी और मैसाच्यूट्स के राजा मैटाकोम की नियति की ओर इशारा किया।

सन् 1620 ई. में एक समुद्री जहाज़ अंग्रेज़ यात्रियों को लेकर मैसाच्यूट्स प्रान्त में केप कॉड की टिप पर आ लगा। समुद्र के बर्फ़ीले तूफ़ानों में फँसकर जहाज़ के आधे से ज़्यादा यात्री मर चुके थे। शेष बचे यात्रियों का जीवन भी कठिनाई में ही था। उनके पास खाने के लिए समुद्री आहार के अलावा और कुछ नहीं था। वे जीवन और मौत के बीच समय गुज़ार रहे थे कि वहाँ का एक मूल निवासी सेमोसेट ने अपनी जनजाति के प्रधान राजा 'मैसोसोएट' से उन्हें मिलवाया। राजा मैसोसोएट ने उन्हें आश्रय दिया। खाने के लिए मक्का उपलब्ध करवाया। राजा और उनकी जनजाति के लोगों ने मिलकर ठंड और भूख से अंग्रेज़ों की जान बचाई।

1661 ई. में जब राजा मैसोसोएट की मृत्यु हुई तो उनका बेटा मैटाकोम अपने समुदाय का प्रधान चुना गया। तब तक लाखों की संख्या में अंग्रेज़ वहाँ पहुँच गए थे। भूमि पर समुदाय का अधिकार उनकी समझ के बाहर था, सो समुदाय के अधिकारों की उपेक्षा करके उन लोगों ने ज़बरन भूमि हथियाई थी। ज़बरन क़ब्ज़ा का अभियान निरन्तर जारी था।

राजा मैटकोम ख़तरा भाँप रहा था। उसने मैसाच्यूट्स के अन्य जनजातीय समुदायों से सम्पर्क किया। एकता के लिए अपने इलाक़े में सबों को सामूहिक नृत्य के आयोजन पर आमंत्रित किया। यह नृत्य कई दिनों तक चलता रहा। अंग्रेज़ों ने इसे युद्ध पूर्व की चेतावनी समझा या समझने का नाटक किया और नाच-गा रहे मूल निवासियों पर आक्रमण कर दिया। नतीजन, बड़े पैमाने पर क़त्लेआम हुआ। राजा मैटकोम और उनकी पत्नी-बच्चे गिरफ़्तार कर लिए गए। बिना किसी कृतज्ञता को याद किये निर्दयी अंग्रेज़ों ने उनकी पत्नी और बच्चों को ग़ुलाम बनाकर बरमूडा के जंगलों में नीग्रो लोगों के साथ मज़दूरी के लिए भेज दिया। बर्बरता की पराकाष्ठा यह हुई कि बिना किसी अपराध के राजा मैटकोम का सिर काटा गया और इसे सार्वजनिक स्थान पर लटका दिया गया, जहाँ वह सिर बीस वर्षों तक लटककर मूलवासियों में भय का संचार करता रहा।

राजा मैटकोम का कटा सिर और चाचा का कटा सिर आपस में गड्डमड्ड हो गए। मेरा दिमाग़ अपनी जगह से हिलता मालूम हुआ। एक बार फिर समझ में नहीं आ रहा था कि मैं कहाँ हूँ और किस काल में हूँ।

9

काठी बेचे गेले असुरिन,
बाँस बेचे गेले गे,
मेठ संगे नजर मिलयले,
मुंशी संग लासा लगयले गे,
कचिया लोभे कुला डुबा ले,
रुपया लोभे जात डुबा ले गे।

यह गीत नौजवान लड़कों के मुँह से अक्सर सुनाई पड़ता कि लकड़ी और बाँस बेचने गई असुरिन, तुमने खदान के मेठ के साथ नज़रें क्यों मिलाई? तुमने खदान के मुंशी के साथ लगाव क्यों बढ़ाया? पैसे (कचिया) के लोभ में तुम कुल का नाम डुबा रही हो। रुपये के लोभ में जाति का नाम डुबा रही हो।

खदान के मेठ, मुंशी, क्लर्क, अफ़सरों के डेरों में खटने वाली असुर युवतियों के रंग-ढंग देखते-ही-देखते बदल जाते। स्नो-पाउडर, रंग-आलता, नक़ली जेवर से सजने लगतीं। सखुआपाट के अंसारी ठेकेदार की रखनी रामरति अकेले नहीं थी। वह छुतहा रोग की तरह पूरे पाट में फैल रही थी। यह गीत मुझे लगता कि आलोचना है। समाज उनसे शिकायत कर रहा है कि तुम ग़लत रास्ते पर हो, सँभलो।

लेकिन रुमझुम ने बताया कि यह शिकायत नहीं थी, बल्कि विलाप था। अन्दर से बुरी तरह टूट चुके समाज का विलाप। भूख और ग़रीबी ने अन्दर से इतना खोखला कर दिया है कि सामाजिक व्यवस्था भरभरा गई है। अखड़ा में बैगा-पाहन-पुजार और गाँव के बड़े-बूढ़ों की बात का वज़न दिन पर दिन घटता जा रहा है। ठीक ही बात है कि घर में तीन-चार माह से ज़्यादा का अनाज नहीं हो तो कौन बेटों को गाँव छोड़ने और बेटियों को डेरा में काम के बहाने रखनी बनने से रोक सकता है?

बुधनी दी ने अपनी चाय की दुकान में हम लोगों के बैठने की अलग व्यवस्था की थी। दुकान से सटी दीवार से एक छप्पर झुका दिया और बाँस की ठठरियों से उसे चारों ओर से घेर दिया। बन गई देसी केबिन। चाचा की हत्या के बाद से असुर समाज के पढ़े-लिखे लड़के रोज़ लालचन दा और रुमझुम से बतियाने जुटते। स्नातक तो एकाध ही, इंटर-मैट्रिक लड़कों की संख्या अच्छी-ख़ासी थी। समाज में एम.ए. तो मेलन हेड साहब ही थे। हाँ! समाज के दो बच्चे एम.ए. में ज़रूर पढ़ रहे थे। एक थी लालचन की भतीजी, स्वर्गीय बड़े भाई की बेटी ललिता, जो इतिहास में एम.ए. कर रही थी। उससे एक साल सीनियर था रुमझुम का छोटा भाई सुनील, जो अपने मनपसन्द विषय गणित में इस बार यूनिवर्सिटी का रिकॉर्ड तोड़ने के चक्कर में था।

वहीं बुधनी दी की देसी केबिन में ख़बर मिली थी कि गोनू ख़ानदान कल पूनिया की रात में चाचा के खेत में रोपा करेगा। यहाँ-वहाँ से आदमी जुटाए जा रहे हैं। कनारी के बबुआनी में न्योता आया था। बबुआनी टोले की सबसे बड़की कोठी में गोनू सिंह के दामाद की बहिन ब्याही थी। सो रिश्ता निभाने वे लोग भी महुआ टोली जाने वाले थे।

लालचन दा का निर्णय था कि हम आज ही रात को रोपा करेंगे। एक बार ज़मीन पर से दख़ल हटने का मतलब सब अच्छी तरह समझते थे। आज बैठकी और बातफ़रोशी का दिन नहीं था। पूरे पाट से छाँटकर पचास-साठ बालचन जैसे करेड़ जवानों को इकट्ठा करना था। बिचड़ा की समस्या नहीं थी। समस्या थी बढ़िया भरवा बन्दूक़ों और कट्टे की। तीर-धनुष और कुल्हाड़ियाँ तो जितनी मिल सकें, अच्छा था। महुआ टोली और बबुआनी मिलाकर दस-बारह नग लाइसेंसी बन्दूक़ और रायफलें थीं। ग़ैर लाइसेंसी का तो हिसाब नहीं।

लेकिन मेरे मन में शंका कुलबुला रही थी कि बबुआनी से भी लड़ाई होगी तो डॉक्टर साहब, रामकुमार भैया से भी हमारे सम्बन्ध गड़बड़ाएँगे। परेशान रुमझुम ने मुझे झिड़क दिया, बिना जाने-बूझे राय मत दिया करो मास्टर। अभी जुम्मा-जुम्मा आठ दिन ही हुए हैं पाट पर। तुम जानते ही कितना हो डॉक साब को। बबुआनी से उनके रिश्ते भी वैसे ही हैं जैसे हमारे।

मुझे समझ में तो कुछ नहीं आया, लेकिन शंका का कुलबुलाता कीड़ा ग़ायब हो गया। लालचन दा ने भी चेतावनी दी, "आज रात में आपको हम लोगों के संग नहीं पिछुआना है। पाट से नीचे उतरना भी नहीं है। हो सके तो असुर ड्राइवरों के एक ट्रक को ऊपर महुआ टोली के पास डहर में अँधेरे में खड़ा रखना है। एतवा असुर मिल जाए तो अच्छा है। उसे पीने-खाने की आदत नहीं है।

वह संग-साथ रात भर जाग सकता है। एतवारी उसे जानती है। उसी से ख़बर करवाइए।"

रामकुमार डॉक्टर को भी आज रात कनारी नहीं लौटना था। हो सके तो पानी-सूई की विशेष व्यवस्था करनी थी। यानी कि यह तय था कि अपने खेत में भी रोपा करने में झगड़ा तय था। गोनू-ख़ानदान की रग-रग से वाक़िफ़ थे लोग।

रात चढ़ते दस-ग्यारह बजे के आसपास बालचन के नेतृत्व में साठ-सत्तर जवानों का गोहार उतरा। अभी लालचन को पीछे कर दिया गया था। इतना दबे पाँव कि जंगल के सूखे पत्तों तक को ख़बर नहीं हुई। एतवारी, मतवार गन्दूर, लालचन के बाबा-आयो, भाभी और टोले की अन्य औरतें और बूढ़े पाट से थोड़ा नीचे, जंगल-ढलान पर महुआ टोली की तरफ़ कान लगाकर बैठे थे। एतवा का ट्रक लगवाकर मैं भी वहीं पहुँच गया।

बाद में रुमझुम ने बताया कि लगभग तीन घंटा तक तो रोपा आराम से चलता रहा। लगभग आधा काम पूरा हो ही गया था कि महुआ टोली की ओर से हल्ला उठा। खेत के पानी की छपछप से ख़बर हुई कि आसपास के पेड़ों पर मचान बाँध रखवाली कर रहे थे। पता नहीं, लेकिन सबसे पहले बुलट फटफटाता गोनू का भतीजा वीरेन्द्र सिंह दैत्य-सा वहाँ पहुँचा। हाथ में तो तलवार थी, कमर की बेल्ट में कट्टा। जैसे ही तलवार भाँजते, गरियाते आगे बढ़ा कि बालचन ने उसकी कलाई और गरदन थाम ली। छह फुट्टा भैंसा-से वीरेन्द्र को बालचन ने सीधे ऊपर उठा लिया और उसकी ही मोटरसाइकिल पर दे पटका। कड़कड़ाकर कमर की हड्डी कचक गई। बिलबिलाकर जो गिरा फिर उठ नहीं सका।

लेकिन मिनटों में सैकड़ों की भीड़ चारों ओर से घेरा बनाकर बढ़ने लगी। हमारे तीरों ने थोड़ी देर के लिए उनके क़दम को तो जमा दिया,

किन्तु उनके रायफल की फ़ायरिंग भारी पड़ी। भरवा बन्दूक़ें, कट्टे और तीर-धनुष उसके सामने टिक नहीं पा रहे थे। उनका गाँव-घर था, अत: उनका भारी पड़ना स्वाभाविक था। बालचन को गोली लगने तक तो टिके। लेकिन उसके गिरते ही हमने पीछे हटना वाजिब समझा। ऊपर पहुँचने के बाद मालूम हुआ, कुल सात लोग घायल हुए थे। बालचन समेत चार लोगों को गोली लगी थी। तीन को तलवार-लाठी की चोट थी। घायलों में बालचन की स्थिति ही ज़्यादा ख़राब लग रही थी। ख़ून से लथपथ, पता ही नही चल पा रहा था कि कहाँ गोली लगी है?

एतवा ने बिना देर किये ट्रक दौड़ाया और देखते-देखते सखुआपाट। डॉक्टर साहब न केवल जागे थे, बल्कि सरकारी प्राथमिक स्वास्थ्य केन्द्र के स्टाफ़ को भी बुला लिया था। ताश के खेल से नींद भगाई जा रही थी। कटे-फटे की कोई चिन्ता नहीं थी। फटाफट बैंडेज बाँधा जाने लगा। असली चिन्ता गोली खाए लोगों की थी। घायलों के बाँह-पैर के छर्रे तो मेहनत-मशक़्क़त से निकल गए। किन्तु बालचन को जाँघ के साथ-साथ पेट में भी गोली लगी थी। सोमा का भी यही हाल। उसके भी छाती के ठीक नीचे गोली लगी थी। रामकुमार ने इंजेक्शन-बैंडेज से ख़ून रोकने की कोशिश की और एतवा की गाड़ी फिर दौड़ी। लालचन-रुमझुम के साथ स्वास्थ्य केन्द्र के स्टाफ़ भी सदर अस्पताल गए।

घायलों के ठीक होने में तो थोड़ा वक़्त लगा, किन्तु बालचन के पेट का घाव सूख नहीं रहा था। बार-बार पीब भर जा रहा था। डॉक्टर साहब बिना नागा पट्टी बदल रहे थे। महँगी सूई-दवा सब। किन्तु घाव सूखने का नाम नहीं ले रहा था। आख़िर जीप ठीक की गई। रामकुमार बालचन को लेकर राजधानी के सबसे बड़े डॉक्टर के यहाँ दिखाने ले गए। दी जा रही एंटीबॉयटिक की गड़बड़ी थी। वह बदल दी गई। फ़ायदा दिखने लगा।

बालचन के गिरने से लालचन दा हिल गए थे। अब उनकी आवाज़ में वह आग महसूस नहीं होती थी। लेकिन उनकी कमी रुमझुम की सक्रियता पूरी कर रही थी।

सवाल तो वही पुराना था। हज़ारों सालों से पीछा करता सवाल। एक शाश्वत आदि प्रश्न। जिसका उत्तर न उनके पूर्वज तलाश पाए थे और न वे ढूँढ़ पा रहे हैं कि कब तक पीछे हटा जाए और कहाँ तक पीछे हटा जाए? इस पाट के बाद अब कहाँ?

10

उस दिन रुमझुम ने मुंडाओं के सिंगबोंगा की कहानी लाकर दी। हँसकर बताने लगे, "चाहे विजयी जाति कोई हो, पराजित के प्रति एक ही भाव रखती है, वह है घृणा। युद्ध में विजय उसे मिलती है जो ज़्यादा हिंसक, ज़्यादा बर्बर और ज़्यादा कुशल-प्रशिक्षित हत्यारा होता है। कायनात के सबसे ख़ूबसूरत फूल, इनसान को ज़िबह करने के लिए जिसके पास ज़्यादा बेहतर औज़ार होते हैं। युद्ध में विजय, सत्य और न्याय की नहीं हुआ करती, जैसा कि क़िस्सों-कहानियों में हमें बताया जाता है। वे तो विजयी जाति के चारण-भाँट, कवि-कथाकार पौराणिक होते हैं जो सत्य और न्याय के क़िस्से गढ़ते हैं और हम आँखें मूँदकर जिन पर विश्वास करते हैं। उनकी लेखनी की ताक़त यह प्रमाणित करने में ख़र्च होती है कि पराजित नस्ल कितनी बेईमान, अन्यायी और अनाचारी थी। यह सब केवल रक्तसनी भूमि, स्त्री, स्वर्ण और सिंहासन

से उपजे अपराधबोध को धोने का खोखला प्रयास भर होता है। इस कहानी को पढ़िए, बहुत कुछ समझ में आ जाएगा।"

काफ़ी लम्बी-चौड़ी मुंडारी गीत-कथा का भाव यह था कि एक्कासी मैदान और तेरासी टाँड़ में केला के घौद और फलों के गुच्छों की तरह झुंड के झुंड असुर भाई लोग दिन-रात धौंकनी धौंक रहे हैं। चौबीसों घंटे लोहा पिघलाते रहते हैं, जिससे आकाश में आँधी चल रही है, धरती पर कुहासा छा रहा है। सारे जीव, सारी वनस्पतियाँ आँच से कुम्हला रही हैं। कीड़े-मकोड़े, फुनगे-फतिंगे सब एक-एक कर मर रहे हैं। कमल-फूलों की पोखरी और कुमुद-फूलों की बावड़ी सूख रही है। पंछी-पखेरुओं के साथ-साथ मुंडा लोग भी सातों दिन-सातों रात दाना-पानी के बिना तड़प रहे हैं। स्वयं भगवान सिंगबोंगा और देवी कुमारी को आकाश में भी धुएँ से परेशानी हो रही है।

भगवान सिंगबोंगा ने एक-एक कर कई पक्षियों को दूत बनाकर असुरों के पास भेजा कि वे धौंकनी धौंकना बन्द करें। लेकिन पत्थर की छाती और अरकंठे जैसी बाँहों वाले असुर किसी की इज़्ज़त नहीं करते। ख़ुद को ही भगवान मानते हैं। उन्होंने बारी-बारी से सारे दूत पंछियों को कष्ट दिया। उन्हें सड़सी से पकड़ा, कुटासी से कूट दिया। किसी पर कोयला डाला, तो किसी को राख से नहला दिया।

अन्त में उन अहंकारी-दुष्ट असुरों को सज़ा देने स्वयं भगवान सिंगबोंगा ने चर्म रोग वाले लड़के का भेष बदला। लुटुकुम बूढ़ा और लुटुकुम बुढ़िया के यहाँ धाँगर-नौकर बनकर रहने लगे। रहते-रहते चालाकी से लालची असुरों को सोने-चाँदी के लालच में उन्हीं की भट्ठी में जलाकर मार डाला। लौटने को आकाश की ओर बढ़े, तो असुर औरतें उनके पैरों मे लटक गईं। तब सिंगबोंगा भगवान ने पैरों को ऐसा झटका कि वे जहाँ तहाँ पहाड़-जंगल-झरना-नदी में गिरीं और भूत बनकर रहने लगीं।

रुमझुम का मानना था कि हमारे जाति-विनाश की एक झलक मात्र है इस कहानी में।

"हम वैदिक काल के सप्तसिन्धु के इलाक़े से लगातार पीछे हटते हुए आज़मगढ़, शाहाबाद, आरा, गया, राजगीर से होते इस वन-प्रान्तर कीकट, पौंड्रिक, कोकराह या चुटिया नागपुर पहुँचे। हज़ार सालों में कितने इन्द्रों, कितने पांडवों, कितने सिंगबोंगा ने कितनी-कितनी बार हमारा विनाश किया, कितने गढ़ ध्वस्त किये, उसकी कोई गणना किसी इतिहास में दर्ज नहीं है। केवल लोककथाओं और मिथकों में हम ज़िन्दा हैं।

"खूँट यानी गोत्र के नाम पर बसे शहर खूँटी में, मानवशास्त्री बताते हैं कि तैंतीस से ज़्यादा जगहें हैं जहाँ असुरों के चिह्न हैं। उनके लोहे ढालने के प्रमाण, उनके पक्की ईंटों के मकानों के खँडहर, उनके शव गाड़ने की जगह-मसान। वहाँ कई टीले आज भी असुरगढ़ के नाम से जाने जाते हैं। मुंडाओं की लहरों ने, उसके बाद आए उराँवों की लहरों ने पीछे ठेलते-खदेड़ते हमें यहाँ तक पहुँचा दिया। इस पहाड़ के ऊपर के पाट पर। इसी बंजर चौरस पठार ने हमें अपनी गोद में आख़िरी पनाह दी। लेकिन जनगणनाओं के आँकड़ों में जो हमें आठ हज़ार-नौ हज़ार बताया जाता है, क्या हम इतने ही थे? या हर पराजय, हर विनाश ने हमारे सबसे श्रेष्ठ वीरों, विद्वानों, वैद्यों, आचार्यों का ख़ात्मा कर हमारी संख्या यहाँ तक घटाई।

"लगातार खदेड़े जाने के क्या-क्या भयावह परिणाम असुर जाति पर पड़े, उनका बस अनुमान भर लगाया जा सकता है।"

रुमझुम ने रेड इंडियंस वाली उसी किताब के 'ट्रेल ऑफ टियर्स' (आँसुओं की पगडंडी) वाले अध्याय की ओर इशारा किया। शायद इसे पढ़ने से असुरों के जाति-विनाश का थोड़ा अन्दाज़ा लग सकता था—

अमेरिकी महाद्वीप में यूरोपीय आबादी की बढ़ती लहर और सोने की खानों के लोभ में मूल निवासियों को बार-बार पीछे ठेलने के लिए विवश किया गया। साम्राज्यवादी शक्तियाँ येन-केन भूमि पर क़ब्ज़ा जमाने की नीति पर निरन्तर आगे बढ़ रही थीं। सन् 1633 तक का कोई लिखित दस्तावेज़ अब तक नहीं मिला है जिसमें ज़मीन की ख़रीद-फ़रोख़्त का प्रमाण मिलता हो। कई मामलों में जनजातीय प्रधानों को बहला-फुसला कर, तमगे या उपहार देकर ज़मीन हथियाए गए। कुछ नक़ली संधियों और दस्तावेज़ों का दिखावटी आदान-प्रदान भी किया गया। जहाँ ये चालाकियाँ नहीं चलीं वहाँ ताक़त का प्रयोग किया गया। प्रतिरोध के क्रम में 1759-1761 के बीच चेराकी युद्ध और सन् 1763 में पोंटियाक के नेतृत्व में ओटावा-विद्रोह की घटनाएँ घटीं।

उपनिवेशवादियों की इच्छा पश्चिम में प्रसार कर कपास उगाने की थी। जेफर्सन और मेडीसन के राष्ट्रपतित्व काल में इंडियनों पर भूमि अर्पण करने सम्बन्धी तिरपन सन्धियाँ लादी गईं। जबरन लादी सन्धियों का उल्लंघन भी हर बार साम्राज्यवादियों ने ही किया। अतिक्रमण का दबाव कभी कम नहीं हुआ। अपना अस्तित्व बचाने के लिए 1811 ई. में शाहनी जनजाति के प्रधान तेकमसेह और उसके भाई फ्रोफेट ने इंडियनों का एक महासंघ बनाया। किन्तु टिप्पेकेनोय की लड़ाई में उन्हें हार का मुँह देखना पड़ा।

भूमि हड़पो अभियान को 1820 ई. के दशक में राज्य-नीति में तब्दील कर दिया गया। सन् 1825 में राष्ट्रपति मनरो ने आधिकारिक रूप से यह प्रस्ताव रखा कि दक्षिणी महासंघ के इंडियनों को अपने इलाक़े ख़ाली कर मिसीसिपी नदी के पश्चिमी इलाक़ों में जाकर बसना होगा। लेकिन चेराकी जनजाति संघ ने 1828 ई. में अपना संविधान बनाया और अपनी भूमि पर अपनी सार्वभौमिकता घोषित कर दी। अमेरिकी सर्वोच्च न्यायालय ने चेराकियों के भूमि स्वामित्व

को मान्यता प्रदान की। किन्तु राष्ट्रपति एंड्रयू जेक्सन, सर्वोच्च न्यायालय की भावनाओं से सहमत नहीं था। उसने 1830 ई. मे इंडियन रिमूवल ऐक्ट बनाया। सरकारी बजट में 'इंडियन रिमूवल' के लिए विधिवत धनराशि अंकित की जाती थी। 1837 ई. में क्रीक जनजाति के चौदह हज़ार लोग विस्थापित किये गए। 1835-1840 के बीच सेमिनोल जनजाति को उजाड़ने में चार से छह करोड़ डॉलर ख़र्च किये गए। सोलह हज़ार चिराकी जनजाति के लोगों को सेना ने घेरकर कैंपों में बन्दी बनाकर रखा। पूरी गर्मी बीत जाने के बाद, बरसात के दिनों में 1838 ई. में उन्हें 1500 किलोमीटर की यात्रा पर ज़बरन भेज दिया गया। लकड़ी की खच्चर गाड़ियों में उनका सामान लाद दिया गया। लगभग आठ हज़ार बच्चे, बूढ़े, बीमार, महिलाएँ इस यात्रा में मारे गए। कुछ वर्षों बाद 1841 ई. में 48 खच्चर गाड़ियाँ नरकंकालों से भरी हुई प्रसिद्ध ओरेगॉन पगडंडी (ट्रेल) के रास्ते सैकरामेंटो पहुँचीं। इस त्रासदीपूर्ण यात्रा को 'आँसुओं की पगडंडी' का नाम दिया गया।

इस भयावह विवरण के बाद हमारे पास कहने-सुनने के लिए कुछ बचा नहीं था। शाम एकाएक बोझिल हो गई थी। सिंगबोंगा-सुरुज भगवान भी झेंपकर अपना मुँह छिपाने लगे।

11

समय इतनी तेज़ी से भागता कि हम उसे पकड़ नहीं पाते। कोई-न-कोई काम रोज़ छूट जाता। इस बीच छुट्टियों में घर गया तो घर-गाँव ही अजनबी लगने लगे। वहाँ के पेड़-पौधों की हरियाली उतनी गहरी और चमकीली नहीं लगती जैसी कि इस पाट की। वहाँ टहटह लाल पलाश भी तो नहीं था, कहाँ थी गुलईंची की भी ख़ुशबू, सखुआ के सफ़ेद हलके हरे फूल, महुआ की मादक टप-टप। वहाँ की नदी में वैसा कलकल संगीत भी नहीं था जैसा कि पाट के इन पहाड़ी नालों में, और न ऐसी ठंडक। और भी बहुत कुछ नहीं था गाँव में। वहाँ जमुनियाँ रंग की एतवारी भी नहीं थी और न था उसका बिलौती (टमाटर) और लहसुन की छौंकवाला कोयनार साग का स्वाद। वहाँ मिंज मैडम, कच्छप मैडम और सुषमा सिंह खेरवार भी तो नहीं थीं और न था हॉस्टल से आने वाली बच्चियों का समवेत कलरव-संगीत, जिसकी लोरी-धुन

से ही मुझे नींद आती थी और जिसकी प्रभाती-सी उठान से नींद टूटती थी। वहाँ बुधनी की 'पेशल' चाय नहीं थी और न था धुसका-घुघनी का चटक स्वाद। वहाँ लालचन भौजी की मुस्कराहट और देवर वाला गीत भी नहीं था। लालचन दा, रुमझुम और रामकुमार डॉक्टर की नई-नई बातें भी नहीं थीं और न थीं स्कूल लाइब्रेरी की रौशन किताबें।

घर से इतनी दूर, जंगल-पहाड़ों के बीच इस पाट पर इतना मन लग जाएगा, ऐसा सोचा न था। शुरू-शुरू में ट्रांसफर के लिए अपनी भाग-दौड़ पर हँसी भी आती और शरम भी। हालाँकि गाँव जाते बाबूजी और चाचा टोकते कि अब तो इतना समय गुज़र गया, समधी जी के यहाँ चलना चाहिए। मैं इधर-उधर बतियाकर टाल जाता। शादी-ब्याह, बर-वरतुहार की बात टालने के लिए बहन की पहले शादी का ठोस बहाना तो मौजूद ही था।

अब तो सपनों में या तो रुमझुम, लालचन दा की बातें गूँजती रहतीं या जामुनी रंग की विशाल लहरें डूबाती-उतराती रहतीं। जामुनी रंग का अपना जादू था, जो आजकल पूरे शबाब पर था। पूरे स्कूल कैम्पस, क्लासेज़, लाइब्रेरी, और शिक्षक-निवास का कमरा ज़ामुनी रंग में रँगा नज़र आता। एक दृश्य-अदृश्य जामुनी रौशनी मुझे भिगोए रहती। इस जादू की शुरुआत उसी रात से हुई थी जिस चाँदनी रात में मैं, गन्दूर और जमुनिया ने साथ में बैठकर हँड़िया पी थी। उस रात चाँद भी हमारे साथ हँड़िया पीने आ गया। एक दोना उसके नाम भी हमने ढाला था, किन्तु वह दोना चाँद ख़त्म नहीं कर पा रहा था। चाँदनी की खिलखिलाहट ओस बनकर दोने को भरती रहती। उसी रात चाँदनी, जमुनिया रंग और गुलईंची फूल को एक साथ गाते सुना था। वही प्रसिद्ध गीत। फुलझर पहाड़ पर गुड़-मीठा चुआँ, जहाँ से रसे-रसे, धीरे-धीरे पानी झर रहा था—बह रहा था। उसी निर्मल पानी को सैंयाँ संग जाकर भरने

की कामना एक साथ जमुनिया, चाँदनी और गुलईंची कर रही थीं—

फुलझर पहाड़े, गुड़ मीठा चुआँ,
रसा रसा पझराय पानी,
रसा रसा पझराय।
पानी गे पझराय, निरमला पानी,
सैंयाँ संगे भरब पानी
सोना संगे भरब
रसा रसा पानी
रसा रसा
फुलझर पहाड़े...

गीत की धीमी आवाज़ छाती जा रही थी। लग रहा था कि न केवल जमुनिया, चाँदनी और गुलईंची ही यह गीत गा रहीं बल्कि पूरा पाट ही यह गीत गा रहा है और सुन रहा है। यह गीत का नशा था कि मड़ुआ के तेज़ हँड़िया का, गन्दूर धीरे-धीरे वहीं घास पर चाँदनी के संग लेट गया। जलन से गुलईंची टपक-टपक उसके बदन को ढकने लगी। यही वह मौक़ा था शायद जिसकी प्रतीक्षा जमुनिया अब तक करती आ रही थी। उसने हाथ बढ़ाया और बादलों की घनी चादर से चाँद का चेहरा ढक दिया। एक लहर-सी उठी और उस सुनसान में जामुनी रंग मेरे वजूद पर छाता चला गया। मैं उस लहर में तब तक ऊब-डूब करता रहा जब तक कि सिर से पैर तक जामुनी रंग में रँग नहीं गया।

एकरंगा होने के बाद लाभ-हानि का हिसाब-किताब भूल गया। उसकी हर वक़्त अधिकार जमाते रहने की कोशिश अपनी आवारा तबीयत को खटकती। कौन-सी कलर की शर्ट पहननी है, कौन-सी की नहीं? बेडशीट कब धुलेगी,

पर्दे का रंग क्या होगा? मुझे कहाँ जाना चाहिए, कहाँ नहीं? कब वापस आना चाहिए? किससे कितना बतियाना चाहिए? यह सब जमुनिया ही तय करना चाहती। ऊपर से तो मैं चिड़चिड़ाता, लेकिन भीतर-भीतर रस का सोता पझरता रहता। वही गुड़-मीठा चुआँ फुलझर पहाड़ से मन के थार में आ बसा।

वहीं बुधनी दी की देसी केबिन में ही यह ख़बर आई थी कि गोनू-ख़ानदान ने चाचा के धनहर दोन में उस रात में किये गए रोपा को उखड़वाकर फिर से रोपा करवाया है। जबरन दख़ल-दहानी। एकदम से बेचैनी फैल गई। इस बार रुमझुम, सोमा, भीखा, सब जंगल पार्टी से सहयोग लेकर सबक़ सिखाने के मूड में थे। उत्तेजना और ग़ुस्से में, उसके अलावा और कोई उपाय नज़र नहीं आ रहा था। बालचन अभी बिस्तर पर ही था। उस रात रायफल की मार ने हिम्मत तोड़ दी थी। लालचन दा इस उपाय पर सहमत नहीं थे। रुमझुम का ग़ुस्सा बढ़ता जा रहा था। बातें तीखी होने लगी थीं, सो मैं वहाँ से उठा और डॉक्टर साहब को बुला लाया।

बतकुच्चन थमा। डॉक्टर साहब की सलाह थी कि लड़ाई अकेले जीती नहीं जा सकती। यह केवल लालचन के चाचा के पाँच एकड़ का सवाल नहीं है, इस सवाल को अन्य सवालों से भी जोड़ना होगा। पाट पर जो रोज़ तमाशा हो रहा है। अवैध खनन के लिए पाँच-दस असुरों को रोज़ फुसलाया जाता है। हर उपाय से उनकी ज़मीन हथियाई जाती है। बाक्साइट निकाल-निकाल कर जो मौत की खाइयाँ छोड़ी जा रही हैं। इन सब सवालों को जोड़िए, तभी असुरों के साथ उराँव, खेरवार, सदान सब आपकी लड़ाई में जुटेंगे। व्यावहारिक बात यह है कि गोनू के ज़ालिम ख़ानदान और बबुआनी की लाठी से अकेले पार पाना सम्भव नहीं है। थाना-कचहरी हर जगह वे लोग भारी पड़ेंगे। इसीलिए कनारी के नवयुवक संघ के साथियों को अपनी लड़ाई में शामिल करना मजबूरी है।

कनारी के मदन, श्याम, जेम्स, फिलिप जैसे लड़कों ने कनारी हाट-बाज़ार में बबुआनी की रंगदारी बन्द करवा दी। वह कोई मामूली लड़ाई नहीं थी। दशकों से बबुआनी के लोग उस हाट पर राज करते थे। हाट में जिस भी बेहतरीन चीज़ पर नज़र पड़ जाती, वह उनकी हो जाती, चाहे वह मुर्गी-ख़स्सी हो या जवान-जहान बहू-बेटी। कई बार मार हुआ। थाना-पुलिस, कर-कचहरी सब। लेकिन कनारी नवयुवक संघ का संगठन न टूटा, न झुका। वहीं नवयुवक संघ इस लड़ाई में भी मददगार हो सकता है।

बात सौ आने सही थी। नवयुवक संघ की मदद से सचमुच लम्बी लड़ाई लड़ी जा सकती थी और जीती भी जा सकती थी। रामकुमार ठीक ही बोल रहे थे, हर बीफे (गुरुवार) अखड़ा की बैठक में दो ही सवाल सामने होते कि फ़लाँ-फ़लाँ ने खदान-दलाल के सादे काग़ज़ पर ठेपा लगा दिया या फ़लाँ-फ़लाँ घर की बेटी बाहर निकल गई है या पाट पर तो है, किन्तु मेठ-मुंशी के डेरा में ही रहती है, घर नहीं आती। ग़रीबी, पेट और बीमारी की मार किसी भी उपाय को सफल नहीं होने देती।

तय हुआ कि रुमझुम चुपके भोरे-भोरे कनारी जाएँगे। जेम्स नाम का लकड़ा उन्हीं के साथ कॉलेज में था। रुमझुम के साथ सोमा और भीखा भी रहें तो अच्छा।

पुरानी शंका फिर सिर उठाने लगी। ये डॉक्टर रामकुमार विभीषण का रोल क्यों निभा रहे हैं? ये ख़ुद बबुआनी के हैं, लेकिन बबुआने के पक्ष में कभी बोलते नहीं सुना। किससे पूछा जाए, मेरी समझ में नहीं आ रहा था। रुमझुम लोगों से पूछकर फिर झिड़की खाने की इच्छा नहीं थी। भारी मन डेरा लौटा। जामुनी रंग का काला जादू करने वाली एतवारी ओझाइन के पास इस उलझी हुई पहेली का जवाब था।

12

डॉक्टर रामकुमार के बारे में जानकार कुछ अच्छा नहीं लगा। मन बहुत दुखी हो गया। अफ़सोस होने लगा, बेकार इतनी पूछताछ की। ज़्यादा उत्सुकता भी अच्छी नहीं। लेकिन एक बात और हुई, डॉक्टर साहब मेरी नज़र में और ऊँचे उठ गए।

बरबे राज के राजा साहब ने इस बबुआनी टोले को बसाया था। उन्हें इस इलाक़े से मालगुज़ारी वसूलने के लिए अपने लोग चाहिए थे। सो बनारस से पाँच-सात राजपूत परिवार यहाँ ला कर बसाये गए। लठैत, बराहिल, मुहर्रिर, तहसीलदार सबकी भूमिका ये बाबू साहब लोग राजा साहब के लिए निभाते। बदले में दो गाँव इन्हें खाने-कमाने के लिए मिला था।

वही पाँच-सात परिवार अब बढ़कर चालीस-पैंतालीस हो गए हैं। बबुआनी से सटे घाँसी लोगों का टोला है। घाँसी बाँस की कारीगरी से

आजीविका चलाने वाले दलित लोग हैं। बाद के वन क़ानूनों और फ़ारेस्ट गार्ड के लालच ने बाँस को इतना दुर्लभ-सा बना दिया कि इनकी आमदनी काफ़ी घट गई। ये लोग कारीगर से भूमिहीन मजूर बनकर रह गए। ग़रीबी ने हर तरह से दीन-हीन बना दिया। बबुआनी के नये उम्र के लौंडों-लपाड़ों से लेकर अधेड़ विधुरों तक के लिए इनके घर की बहू-बेटियों की देह मर्दानगी आजमाइश का अखाड़ा हो गई थी।

कई पीढ़ियों से चल रहे ज़ोर-जब्बर का नतीजा यह हुआ कि घाँसी टोले के लड़के-लड़कियों की नाक-नक़्श, रूप-रंग सब बाबुओं से मिलने लगे। अब तो हालत यह है कि घाँसी टोले की बेटियाँ ढंग से कपड़ा-लत्ता पहन-ओढ़ लें तो बबुआनी की लड़कियों पर भारी पड़ती हैं। यही ख़ूबसूरती उनके लिए काल बन गई। अव्वल तो बबुआनी के लौंडे-लपाड़े उनकी शादी होने नहीं देते। मुश्किल से शादी हो भी गई तो दो-चार साल में न जाने क्या उपाय करते हैं कि घाँसी टोले में परित्यक्ता और विधवा बेटियों की बाढ़-सी आ गई है। कसाइयों के हाथ में पड़ी गाय-सी ये बेटियाँ बार-बार पेट गिराने से असमय ही बुढ़ा जाती हैं। ये नवयुवती-वृद्धाएँ दुख-विषाद से स्याह चेहरा-देह लिये जहाँ से गुज़रती हैं, एक उदासी-सी छा जाती है। इनकी निगाहों में उग आए कँटीले सवालों की चुभन से समाज चेहरा छुपाता रहता है। डॉक्टर रामकुमार भी ऐसे ही एक मुकम्मल कँटीले सवाल हैं, जिन्हें न बबुआनी अपना मानती है, न घाँसी टोली। वे कनारी में डेरा लेकर अपनी माँ-बहनों के साथ बेरंग-बोझल ज़िन्दगी जी रहे हैं।

डॉक्टर ने बचपन से औरतों को पीकदान की तरह इस्तेमाल होते देखा था। उन पर इसका अजब प्रभाव पड़ा। वे किसी को भी किसी भी सियानी से तू-तड़ाक करते हुए या अपमानित करते हुए देखते तो उत्तेजित हो जाते।

शुरू के दिनों में मारपीट पर उतारू रहते। धीरे-धीरे अपने को संयमित रखना सीखा। वे ख़ुद सभी सियानियों को बहुत इज़्ज़त दिया करते। यह रामरति हो या बुधनी दी, सब उनकी नज़रों में 'आप' ही थीं। इसीलिए पूरे पाट की बीमार-परेशान सियानीमन उनके यहाँ भीड़ लगाये रहतीं। वे जानती थीं कि उनकी परेशानी डॉगदर बाबू तक ही महफ़ूज़ रहेगी। इसी विश्वास ने पाट में अवैध सन्तानों की आमद रोक रखी थी। रामकुमार जब कनारी नवयुवक संघ के गुस्सैल लड़कों को देखते, तो कहीं अन्दर बहुत ख़ुशी होती। धीरे-धीरे उन्होंने उस गुस्से को राह दिखानी शुरू की।

ख़ास बात यह थी कि कनारी नवयुवक संघ के मदन, श्याम, जेम्स, फिलिप सबके इतिहास में एक सामान्य बात यह थी कि सबों की माँ-बहन या भाभी-चाची बबुआनी के अत्याचार का शिकार हुई थीं। इसीलिए बबुआनी या गोनू-ख़ानदान के ख़िलाफ़ उन्हें लड़ाई में उतरने में मुश्किल नहीं आने वाली थी। ऐसी लड़ाइयाँ वे लड़ते रहे थे। इन्हीं लड़ाइयों के कारण कोयलबीघा में उनकी औक़ात थी। कहते हैं, रात में जंगल पार्टी जब कोयल नदी के उत्तर के पहाड़-जंगलों से उतरकर दक्षिण की ओर कूच करती तो कनारी के जंगल से सटे जामुनटोली के मदन, श्याम, फिलिप के घरों के किनारे बँसवाड़ी में ही रुकती। इन्हीं घरों से उनके लिए खाना जाता। यह ख़बर कितनी सच्ची-झूठी थी, इसकी जाँच तो किसी ने नहीं की थी, किन्तु इस ख़बर ने बबुआनी के हौसले थोड़े पस्त ही किये थे।

रुमझुम बीफे को सोमा-भीखा के साथ जब भोरे-भोरे कनारी बाज़ार टाँड़ा से सटे जेम्स के घर पहुँचे तो वह सोया ही था। फिर सब मिलकर जामुन टोली के एक किनारे पोखर के पास बैठे। बातें शुरू हुईं। जैसा कि अन्दाज़ था गोनू और बबुआनी का नाम आते वे लड़ाई में शामिल होने को तैयार हो गए।

लेकिन माँग-पत्र थोड़ा ज़्यादा बड़ा हो गया। लालचन दा के चाचा की हत्या की जाँच तक बात नहीं रुकी। अब केवल गोनू-ख़ानदान की ही ज़मीन की जाँच की बात नहीं थी, बल्कि उसमें बबुआनी के सीलिंग से फ़ाज़िल ज़मीन की जाँच भी शामिल हो गई। फ़ाज़िल ज़मीन पर दख़ल-क़ब्ज़ा तो टोरी-कमटी के छोटे साहब और उपाध्याय परिवार का भी था। उनकी जाँच भी माँग-पत्र में शामिल। पाट के वैध-अवैध खनन से जुड़ा मसला तो सबसे ज़रूरी। खनन कम्पनियों से जो लीज की शर्तें थीं और पिछले पच्चीस-तीस सालों से जिनकी अनदेखी हो रही थी उनकी जाँच। पहले ही शर्त को दरकिनार करते हुए खुले खदानों से बॉक्साइट की निकासी के बाद गड्ढे भरने की बजाय यूँ ही छोड़े जा रहे थे। लाभ का कुछ भी हिस्सा पाट के लोगों के विकास पर कम्पनियाँ ख़र्च नहीं करती थीं। न पीने के पानी की व्यवस्था, न हॉस्पिटल, न मलेरिया-डायरिया की रोकथाम का कोई इन्तज़ाम। लेबर के अलावा स्थानीय लड़कों को और किसी क़ाबिल समझा ही नहीं गया। भले उनके पास बी.ए., आई.ए. की डिग्रियाँ हों।

माँग-पत्र अच्छा-ख़ासा लम्बा हो गया, किन्तु इसमें सबके मन की बातें थीं। गाँव-गाँव, पाट-पाट इन बातों के साथ लालचन दा, रुमझुम और संघ के लड़कों की टोली घूमी। उम्मीद से ज़्यादा असर दिखा। न केवल कोयलबीघा प्रखंड की खदानों में, बल्कि आसपास के इलाक़ों की ख़दानों में काम ठप्प हो गया। बहुत बड़ी भीड़ ज़िला मुख्यालय पहुँची। बिरसा मैदान से जब रैली निकली तो हरे झंडे से पूरा शहर पट गया। ग्रामीणों, आदिवासियों, मज़दूरों का इतना बड़ा जुलूस इस शहर ने आज तक नहीं देखा था। सबसे आगे बुधनी दी और एतवारी संघर्ष समिति का बड़ा बैनर लिये बढ़ रही थीं। मुझे रैली में तो शामिल नहीं किया गया था, हाँ, जेम्स की मोटरसाइकिल से आगे-पीछे सब

पर नज़र रखने की ज़िम्मेदारी सौंपी गई थी। कलेक्टर को माँग-पत्र सौंपने के बाद, बात साफ़ कर दी गई कि इस बार केवल किसी जाँच-वाँच से लोग चुप नहीं बैठने वाले। जब तक कोई कार्रवाई नहीं होगी, खदानों में और प्रखंड-अंचल ऑफ़िस में काम ठप्प।

हाकिम-हुक्काम, अख़बार-पत्रकार, सबको बड़ी-बड़ी गाड़ियों से चलने वाले बड़े-बड़े नेताओं, बुद्धिजीवियों, सेठ-साहूकारों से बात करने, सुनने-समझने की आदत थी। उसने इस गँवई भीड़, असुर-कोल लड़कों को गम्भीरता से नहीं लिया। लेकिन जब खदान-बन्दी तीन दिनों को पार करने लगी तब बात कुछ समझ में आने लगी। सातवें दिन जब सशस्त्र बलों की भारी-भारी गाड़ियों को पाथरपाट के पास ही महिलाओं की शान्त भीड़ ने रोक लिया और लौटने को मजबूर कर दिया तब व्यवस्था के माथे पर शिकन पहली बार नज़र आई।

लेकिन डॉक्टर रामकुमार, लालचन, रुमझुम और संघ के लड़के एक बात नहीं समझ रहे थे। ज़मीन-हत्या की जाँच और प्रखंड-अंचल ऑफ़िस की बन्दी तक तो बात घर की थी, किन्तु पूरे पाट के तीस-चालीस खदानों में काम रुकवाकर उन्होंने सीधे नये देवताओं को चुनौती दे दी थी। नयका देवता लोग, आकाशचारी और ग्लोबल गाँव के वासी थे। उनमें ग़ज़ब की एका थी। खदानों की सात दिनों की बन्दी और सशस्त्र बल की वापसी से ग्लोबल गाँव के देवताओं में खलबली-सी मच गई।

13

ग्लोबल गाँव के देवताओं की चिन्ता का तो असर पड़ना ही था। दसों दिशाओं से स्वयं वायु देवता उनका सन्देश पहुँचाने लगे। इस छोटी-सी जगह के उनके बड़े-बड़े भक्त सक्रिय हुए। एक नम्बरी भक्त शिंडाल्को कम्पनी सखुआपाट के मैनेजर श्री किशन कन्हैया पांडे।

पांडे बाबा 71 बैच के अपने माइनिंग कॉलेज के टॉपर थे। एक दिन भी बेरोज़गार नहीं बैठना पड़ा। अपने इलाक़े में कम्पनी की नौकरी भाग्य वाले को ही मिलती है। भाग्य से सुन्दर-सुशील पत्नी भी मिली थी और बार्बी डॉल-सी बेटी। किन्तु पत्नी पन्द्रह साल साथ निभा, असमय छोड़कर चली गईं। बेटी की भी शादी पांडे जी ने जल्दी ही कर दी। उच्च कुल का ब्राह्मण युवक, वह भी सर्वोच्च देवलोक न्यूयार्कवासी। यही शादी में हड़बड़ी का कारण था। बेटी वहीं देवलोक में सुख से रहेगी, बाक़ी पढ़ाई भी पूरा करेगी।

सारी ज़िम्मेदारी निपटाकर पचास के होते-होते पांडे जी फिर से बैचलर हो गए।

किशन कन्हैया पांडे ऐसे तो नाम के अनुरूप जन्मना रसिक थे, लेकिन अब तक रसिकता दबी-छुपी थी। दिल्ली-मुम्बई-थाईलैंड जैसे भ्रमण पर यह रसिकता प्रकट होती। किन्तु अब तो वे पूरे आज़ाद थे। शिंडाल्को की भेलवापाट कॉलोनी ने भी इसके लिए भरपूर अवसर दिये। कॉलोनी लगभग ख़ाली रहती। बैचलर प्रोबेशन अधिकारी गेस्ट हाउस में ही एक साथ रहना पसन्द करते। क्लर्क ग्रेड के क्वार्टर अधिकारियों के बँगले से दूर थे। ज़्यादा ख़ूबसूरत बात यह थी कि कॉलोनी से सटे जो ग्रामीण टोले थे वहाँ लड़कियाँ इफ़रात में थीं। उस समाज के बड़े-बुज़ुर्गों की यह सोच थी कि हमारे यहाँ बेटियों की संख्या थोड़ा ज़्यादा ही होती है, वैसे भी वे नदियों की तरह होती हैं, ख़ुद अपना रास्ता ढूँढ़ने वाली। उस नैसर्गिक और मातृप्रधानता का पांडे बाबा अपने हित में उपयोग करते थे। जहाँ ग़रीबी की रपटीली राह हो वहाँ चाँदी के सिक्के थोड़ा ज़्यादा ही तेज़ी से लुढ़कते हैं। उसी भेलवापाट में एक धार्मिक संस्था की प्रचारिकाओं का आवासीय प्रशिक्षण केन्द्र पांडे बाबा को सोने में सुहागा की तरह लगता।

पांडे जी की रसिकता कई बातों में वात्स्यायन से सहमत नहीं थी। वे नायिकाओं के पद्मिनी, चित्रिणी, शंखिनी और हस्तिनी जैसे सीमित वर्गीकरण से सहमत नहीं थे। उनके दशकों और विभिन्न देशों के अनुभव इस वर्गीकरण को सदा विस्तार देने की चेष्टा करते। उनके लिए मुग्धा, मध्या, प्रौढ़ा या अतिश्वेता और अतिकृष्णा कोई भी अगम्या नहीं थीं। सोवियत रूस के विघटन के बाद दिल्ली के सस्ते होटलों में अतिश्वेताओं की भरमार थी, जिनके मोबाइल नम्बर इनकी डायरी की शोभा बढ़ाया करते। दिल्ली से दो घंटे की फ़्लाइट और

राजधानी से चार घंटे की यात्रा। ग्लोबल गाँव की कृपा से सब कितना सुलभ।

स्लिम-ट्रिम, वेल मेनटेन, ऐक्टिव पांडे जी ऑफ़िस में काफ़ी अनुशासन-प्रिय थे। सवेरे घड़ी देखकर साढ़े नौ में चैम्बर में बैठते। लंच के बाद फ़ील्ड से पुनः वापस आकर चैम्बर में। ठीक साढ़े छह बजे ऑफ़िस छोड़ते। फिर रात के बारह बजे तक का समय उनका अपना होता। अपनी मर्ज़ी का। गेस्ट हाउस में बिलियर्ड, टेनिस, बैडमिंटन, सबकी व्यवस्था।

बँगले के पीछे छोटा-सा स्वीमिंग पूल, जिसमें अभिसारिकाओं के साथ वे और उनके अतिथि जलक्रीड़ा किया करते। इस लघु किन्तु सुन्दर स्वीमिंग पूल के लिए एक टैंकर, रोज़ बिना नागा पानी लेकर आया करता। पांडे जी का मानना था कि जिस उचाट-जंगली पाट पर पहले के मैनेजर पन्द्रह महीना नहीं टिकते थे वहाँ पन्द्रह वर्षों से लगातार रहकर उन्होंने राष्ट्र की कितनी सेवा की है, अतः राष्ट्र से भी थोड़ी सेवा लेने में कोई हर्ज नहीं था। आतिथ्य सत्कार में वे समदर्शी थे। चाहे खनन विभाग के ज़िला ऑफ़िस के ऑफ़िसर हों या देश की राजधानी के वी.वी.आई.पी.। वे सबका स्वागत खुले मन से करते। वर्षों के अनुभव ने बता दिया था कि लोकल वी.आई.पी. अतिश्वेताओं को देखकर आपा खो देते हैं और बाहर से आए वी.वी.आई.पी. पांडे जी को ऐथेनिक लुक पसन्द है इसलिए दुर्गम वन प्रान्तर के रेगिस्तान को उन्होंने नख़लिस्तान बना दिया था। हर शाम गेस्ट हाउस के दरवाज़े पर पीली बत्ती गाड़ियाँ सजी रहतीं।

ऐसा नहीं था कि पांडे बाबा की धरम-करम में आस्था नहीं थी। पंडित आदमी थे, यह संस्कार में ही था। जहाँ कोई अक्षतयौवना मिलती, वे बड़े मनोयोग से तंत्र साधना में डूब जाते। कभी-कभी तो सारी रात यह घनघोर साधना चलती रहती। कहते हैं कि इन्हीं साधनाओं को साधकर उन्होंने सम्मोहन विद्या प्राप्त की थी। एक बार जो उनसे मिलता वह उन्हीं का होकर रह जाता।

लब्बोलुआब यह कि पिछले पन्द्रह वर्षों से शिंडाल्को की सखुआपाट यूनिट लगातार मुनाफ़े में थी। इसीलिए मैनेजमेंट को अपने सबसे सीनियर मैनेजर पर पूरा भरोसा था। लेकिन इस बार बन्दी थोड़ा ज़्यादा खिंची जा रही थी। कहीं पांडे बूढ़े तो नहीं हो रहे, यह आशंका सिर उठा रही थी।

मैनेजर किशन कन्हैया अपनी मैनेजरी के लम्बे दिनों में कई-कई झंडों के बन्दी-धरना-आन्दोलन देख-सुन-समझ चुके थे। सबको झेल लिया था। लम्बा-चौड़ा माँग-पत्र लेकर बैठे नेताओं की खोपड़ी में क्या चल रहा है, वे नज़र मिलाते ही पढ़ लेते। यही उनकी सफलता का राज़ था। औक़ात के अनुसार जिसकी जितनी चाहत होती, उसकी बैकडोर से पूर्ति की व्यवस्था रहती। लगभग सभी पार्टियों के महीने बँधे थे। कुछ पेटी कंट्रैक्टरी और कुछ के अवैध खनन के माल को चालान देकर वैध बनाने का वरदान। पहली बार रामकुमार, लालचन, रुमझुम, जेम्स की चौकड़ी उनके हाथों से बार-बार फिसली जा रही थी।

तभी किसी ने पांडे साहब को बताया कि जेम्स की बहन सलोनी लकड़ा कम्पनी की ही मेन ब्रांच में अस्सिटेंट है। रोशनी कौंधी। कनारी वाली मुग्धा सलोनी याद आ गई। उन्हीं की छत्र-छाया में पली-बढ़ी थी। अब फिर बाज़ी पांडे जी के हाथ में थी। मैनेजमेंट को बताना पड़ेगा कि पांडे बूढ़ा हो ही नहीं सकता।

सलोनी लकड़ा का रातों-रात ट्रांसफ़र सखुआपाट ऑफ़िस में हो गया। ज्वाइन करने के तुरन्त बाद पांडे जी के चैम्बर की गोपनीय बैठक में सलोनी की बुलाहट। कई पार्टियों के लोकल नेता, अंसारी ठेकेदार, रामरति और भी कई अनजाने चेहरे। सलोनी की भूमिका तय थी। परिवार पालने के लिए नौकरी ज़रूरी थी और नौकरी में बनी रहे इसीलिए बॉस की बात माननी थी।

रात में रामरति और सलोनी लकड़ा कम्पनी की जीप से नीचे उतरीं। जीप कनारी से थोड़ी दूर पहले रोक दी गई।

शुरू में जेम्स भड़क गया। सलोनी ने कितनी भी अपनी नौकरी की दुहाई दी, वह मानने को तैयार नहीं था। तब रामरति ने झोले से निकाल एक पुराना वीडियो कैसेट जेम्स को थमाया, जिसके बारे में सुनकर सलोनी और जेम्स दोनों को काठ मार गया। यह सलोनी के पांडे बाबा की छत्रच्छाया वाले दिनों का कैसेट था, तंत्र साधना वाला। रामरति ने यह भी ख़बर दी कि इसका कई ठो सीडी बनाकर रखे हुए है पांडे बाबा।

दोनों भाई-बहन एक-दूसरे से नज़र बचाकर चुपचाप रोए जा रहे थे। रामरति के चेहरे की मुस्कान बता रही थी कि पांडे बाबा की दवा काम कर गई थी।

उधर, ज़िला कलेक्टर सिन्हा साहब को सवेरे-सवेरे राजधानी से फ़ोन आया। फ़ोन पर ही इतनी कड़ी डँटाई मिली कि थरथरा गए। बड़ी मुश्किल से सचिवालय का चक्कर छूटा था। प्रोन्नति के बाद जब से आई.ए.एस. में प्रमोशन मिला था, सचिवालय में ही इस विभाग से उस विभाग आ-जा रहे थे। कभी इस विभाग के निदेशक, कभी उस विभाग के विशेष सचिव। डायरेक्ट आई.ए.एस. सटाते नहीं थे और पी.सी.एस. के जूनियरों को सिन्हा साहब सटाना नहीं चाहते। वैसे भी नौकरी ही दो साल बची थी। बेटियों की शादी करनी थी, बेटे को सेटल करना था। राजधानी में कब से ज़मीन ले छोड़ी थी, उस पर ढंग का मकान बनाना था। यह सब सांस्थिक वित्त के निदेशक और योजना विभाग के विशेष सचिव रहते तो होने से रहा। कितने-कितने द्वारों पर कितनी-कितनी बार दंडवत करना पड़ा, यह सब याद करते तो अब भी कमर में चिनक उठने लगती।

यह सब कसरत इन कोल-किरातों-आदिवासी-असुरों की ज़िद के कारण व्यर्थ नहीं जाने देना चाहते थे। वे इस कहावत से सहमत थे कि ओल को गलाना और कोल को समझाना कठिन है। ये लोग लातों के देवता हैं, बातों से नहीं मानने वाले।

पांडे जी के प्रताप से कनारी नवयुवक संघ ने आन्दोलन से हाथ खींच लिया। जेम्स, फिलिप, मदन, श्याम लोगों को इसके बदले में क्या मिला, यह बाद की कहानी है। उसी रात को पुलिस ने पाट पर छापा मारा। डॉक्टर रामकुमार, लालचन, बीमार बालचन, रामचन, रुमझुम, सोमा, भीखा, गन्दूर जैसे दर्जनों असुर गिरफ़्तार कर लिए गए।

सखुआपाट छोड़कर बाक़ी सारे खदानों में दूसरे ही दिन सवेरे से काम शुरू हो गया। सखुआपाट शिंडाल्को माइंस लेबर बुधनी के साथ बीच सड़क पर धरना में बैठ गए थे। सो काम शुरू होने का उस दिन कोई लाभ नहीं हो सका, न नीचे से आने वाले ट्रकों को आगे जाने दिया गया और न बॉक्साइट लदे ट्रक नीचे उतर सके। लेकिन उसी रात को बुधनी दी भी गिरफ़्तार कर ली गई।

14

लालचन-रुमझुम लोगों को ज़्यादा दिन जेल में नहीं गुज़ारने पड़े। कोयलाश्रम के शिवदास बाबा ने स्वयं इन लोगों की जमानत करवाई। बाबा का पिछले कई वर्षों से कोयलबीघा में आश्रम-विद्यालय चल रहा था। साथ-साथ कंठीधारी शुद्धि आन्दोलन भी। किन्तु असुरों के गाँवों में अभी आना-जाना नहीं था। इसीलिए लालचन-रुमझुम लोगों को आश्चर्य हुआ।

दरअसल अभी तक बाबा की योजना में पाट और असुर समाज शामिल नहीं था। किन्तु विधायक जी की इच्छा थी पाट में हवन-यज्ञ हो, आना-जाना हो। सो, असुर समाज से जुड़ने का इससे बेहतर अवसर क्या होता। बाबा ख़ुद आश्रम से उठकर शहर गए। कहते हैं कि सुख में तो हर कोई साथ-साथ हँसता-गाता है, किन्तु दुख-परेशानी के दिनों में कोई साथ नहीं देता। छाया तक साथ छोड़ने लगती है। लेकिन बाबा का मानना था कि इनसान की तकलीफ़

में इनसान साथ नहीं देगा तो कौन देगा! बाबा की भव्य मूर्ति, गेरुआ वस्त्र, चमकता ललाट और मीठी बोली ने एकदम दिल जीत लिया।

कहते हैं कि आज से सात-आठ वर्ष पहले यहीं कनारी गाँव के पूरबवारी कोयल नदी के किनारे के शिव मन्दिर में प्रकट हुए थे शिवदास बाबा। वहीं कोयलेश्वर मन्दिर में धूनी रमाई। भगतों ने बताया कि बाबा जतरेश्वर नाथ के अवतार हैं बाबा। बाबा जतरेश्वर नाथ की तरह बाबा को भी ज्ञान की प्राप्ति हुई है।

अपने गाँव के पोखरे में ब्राह्ममुहूर्त में स्नान करते समय एक रोशनी चमकी और इनमें समा गई। यूनिवर्सिटी के टॉपर हुआ करते थे, बहुत मेधावी। माँ-बाप ने बहुत आस लगा रखी थी। आई.ए.एस. तो आराम से हो सकते थे वे, किन्तु ज़िन्दगी ही बदल गई। सपने में यही कोयल नदी और यही शिव मन्दिर बार-बार आ रहे थे। आख़िर अयोध्या जी के पास के रहने वाला आदमी एकाएक इसी मन्दिर में आकर कैसे टिक गया? उसे यह नदी, यह मन्दिर और बाबा जतरेश्वर नाथ कैसे याद रह गए? यह सब चमत्कार है।

धीरे-धीरे शिवदास बाबा का कंठी अभियान चल निकला। बाबा गाँव-गाँव घूमते, हवन करते और भगतों को कंठी धारण करवाते। कंठी धारण करने वाले को कुछ नहीं करना था, बस कुछ छोटे-छोटे नियमों का पालन भर करना था। उसे मांस खाना छोड़ देना था और हँड़िया-दारू को हाथ भी नहीं लगाना था। घर के आँगन में तुलसी का पौधा और हाते में पीपल लगाना था। जादू-टोना, डाइन, बिसाही, ओझा, भूत, प्रेत, चुड़ैल इन सबों से दूर रहना था। सियानियों को सवेरे जागने के बाद और रात में सोने के पहले अपने पतियों का पैर छूना था। गुरुवार के गुरुवार अखड़ा में सामूहिक रूप से भजन गाना और ग़ैर-कंठी वाले आदमी का छुआ पानी भी नहीं पीना था। साफ़-सफ़ाई पर पूरा ध्यान

और काला वस्त्र, काली वस्तु, काले गाय, गोरू, मुर्गी, सूअर से दूर रहना था। ये काले जानवर दरअसल जानवर नहीं थे, बल्कि वेश बदले हुए पिशाच थे। इनसे हर हाल में बचना था।

नियम के पालन में कोताही नहीं बरतनी थी। कंठी की बेइज़्ज़ती से शाप लगता था। बाबा के कंट्रोल में जो प्रेत था वह कंठी का अनादर करने वाले को बरबाद कर देता था। ऐसा बाबा के भगतों का कहना था। ऐसी बरबादी के दर्जनों क़िस्से उनके पास थे। बस, और कुछ नहीं। कंठी धारण करने के पहले कुछ पत्र-पुष्प भी बाबा के चरणों में अर्पित करने पड़ते थे। लेकिन पत्र-पुष्प भी मनमाना कोई नहीं दे सकता था। एक भगत से सौ रुपयों से ज़्यादा बाबा स्वीकार ही नहीं करते थे।

बाबा के तेज, प्रताप, चमत्कार और बीमारियाँ दूर करने की शक्ति का इतनी तेज़ी से प्रसार हुआ कि गुरुवार के दिन कोयलेश्वर आश्रम में तो मेला-सा लगने लगा। न केवल कोयलबीघा ब्लॉक के, बल्कि आसपास के ब्लॉकों और ज़िलों से भी लोग गाड़ी-छकड़ा में लद-लद कर पहुँचने लगे।

सबसे बुरा हाल तो काले रंग के पशुओं का हुआ। कोई भी कंठी धारी भगत अब अपने घर में काले रंग की गाय-गोरू, मुर्ग़ी, सूअर कुछ भी रखने को तैयार नहीं था। अपने गोहाल में ये मूक जीव उन्हें एक दिन के लिए भी बर्दाश्त नहीं थे। हाटों में काले पशुओं की इतनी आमद बढ़ी कि इनकी क़ीमतें अचानक नीचे गिर गईं। व्यापारियों को सारी बातों की ख़बर थी। वे मिट्टी के भाव इन पशुओं को ख़रीदते हुए ऐसे नखरे दिखाते मानो वे आदिवासी किसानों पर उपकार कर रहे हों।

जब ट्रक के ट्रक मवेशी इलाक़ों के हाटों से उठने लगे तब प्रशासन की नींद खुली। शुरू में इस अंधविश्वास को दूर करने के लिए हाटों में नगाड़ा

पिटवाकर प्रचार करने की कोशिश की गई। तब भी स्थिति नहीं सुधरी तो ज़िला प्रशासन ने निषेधाज्ञा लगाई कि कोई भी किसान एक हाट में एक से ज़्यादा पशु नहीं बेच सकता। लेकिन भगतों को प्रशासन से ज़्यादा पिशाचों का भय था। वे यह समझने के लिए तैयार नहीं थे कि ये गाय-गोरू, मुर्ग़ी, सूअर केवल पशु नहीं, बल्कि उनकी जमा-पूँजी थे, घरेलू बैंक के पास-बुक। हारी-बीमारी, शादी-ब्याह, अन्य प्रयोजनों में यही काम आते हैं। किन्तु शिवदास बाबा के एक चमत्कार ने इन घरेलू बैंकों को एक झटके में दिवालिया कर दिया और मज़े की बात तो यह कि इन्हें ख़बर तक नहीं हुई।

लेकिन बहुत फ़ायदे में पशु-व्यापारी भी नहीं रहे थे। अन्दरूनी ख़बर थी कि बाबा के ख़ास लोगों ने उन पशुओं की वाज़िब क़ीमत व्यापारियों से वसूल ली थी। उम्मीद से ज़्यादा आमदनी हुई। उसके बाद बाबा के आश्रम-विद्यालयों की भव्य शुरुआत हुई।

बाबा के मन में बच्चियों की शिक्षा के प्रति भारी लगन थी। उनका मानना था कि लड़के तो कहीं जाकर पढ़ाई कर लेते हैं, किन्तु लड़कियाँ घर-गृहस्थी के कामों में उलझकर रह जाती हैं। इस प्रकार हमारा आधा राष्ट्र अनपढ़-अशिक्षित रह जाता है। हमारे पुनः विश्वगुरु बनने की राह में यही सबसे बड़ा रोड़ा है। सो सबसे पहले बाबाजी के ख़ुद के कोयलेश्वर आश्रम से सटे ग़ैरमजरुआ ज़मीन पर कन्याओं के लिए भव्य आवासीय उच्च विद्यालय का निर्माण कराया गया। सुव्यवस्थित छात्रावास, मेस, लाइब्रेरी, खेल-मैदान, प्रयोगशाला सहित कहीं किसी बात की कमी बच्चियों की पढ़ाई-लिखाई में नहीं रह जाए, ऐसी हर बात की चिन्ता बाबाजी स्वयं कर रहे थे, हालाँकि इसके लिए नगर के बुद्धिजीवियों की बाजाप्ता कमिटी बनाई गई थी।

बच्चियों के शील-चरित्र निर्माण का पूरा ध्यान रखते हुए इस बात की सम्पूर्ण चिन्ता की गई कि न केवल टीचर्स बल्कि अन्य स्टाफ़ भी स्त्रियाँ ही हों। केवल बाबाजी के स्वयं के आवास और कन्या छात्रावास के बीच एक छोटा द्वार छोड़ा गया था ताकि बाबाजी के भजन-संध्या, पूजा-हवन आदि का पुण्य-प्रभाव छात्राओं पर पड़े और उनके संस्कार परिमार्जित हों। यह बाबाजी का विशेष अनुरोध था। वे विज्ञान की शिक्षा के साथ-साथ प्राचीन भारतीय संस्कार के प्रबल आग्रही थे।

संस्कारविहीन मैकाले-शिक्षा-पद्धति को वे राष्ट्रद्रोही मानते थे, जो भारत जैसे धर्मप्राण राष्ट्र की नींवें खोखली कर रहा था। ऐसे विद्यालयों की श्रृंखला धीरे-धीरे चल निकली और न केवल इस ज़िले में, बल्कि भगतों की बढ़ती माँग के कारण अन्य ज़िलों में भी शुरू करनी पड़ी। बाबा लड़के-लड़कियों में फ़र्क़ नहीं करते, सो आवासीय विद्यालय लड़कों का हो या लड़कियों का, हर विद्यालय प्रांगण में बाबा के लिए विशेष तौर पर आश्रम-सह-अतिथिगृह बनवाने का नियम था। बीच-बीच में बाबाजी जब भ्रमण पर रहते, ऐसे ही आश्रम सह अतिथिगृहों को पवित्र करते। बाबा के रात्रि-विश्राम में बच्चियों के विद्यालय बाज़ी मार ले जाते, तो इसे बाबाजी का पक्षपात नहीं, बल्कि श्रद्धा और भक्ति की विजय माननी चाहिए। लेकिन छिद्रान्वेषी इन बातों को गन्दी नज़रों से देखते और गन्दे-शन्दे विश्लेषण करते। अब ऐसे पापियों पर कौन ध्यान दे? तुलसी बाबा बहुत पहले कहकर गए हैं कि 'जाकी रही भावना जैसी, प्रभु मूरति तिन देखहिं तैसी।'

कुछ ऐसी बददिमाग़ शिक्षिकाएँ भी कभी-कभी सामने आईं जिन्होंने विद्यालयों की बुद्धिजीवी कमिटी के सामने बाबाजी पर ऐसे ही गन्दे-शन्दे आरोप लगाए, लेकिन उसके पास कोई प्रमाण नहीं था। कमिटी के सदस्य तो भगवान

सरीखे बाबा के बारे में ऐसा सोचना भी पाप समझते। उन्होंने इन आरोपों को उन दुश्चरित्र-दुष्ट शिक्षिकाओं की मन की विकृति मान एक सिरे से ख़ारिज कर दिया। किन्तु ऐसी कुलटाओं की छाया भी संस्कारवान बच्चियों पर पड़नी ठीक नहीं थी। अतः बिना देर किये उन्हें बाहर का रास्ता दिखा दिया गया। लेकिन ईश्वर कृपा से कुछ ऐसी सात्त्विक विचार की भी शिक्षिकाएँ सामने आईं जिन्होंने बाबाजी के व्यक्तिगत सहयोगी के तौर पर सेवा करने के लिए सप्ताह के दिनों को आपस में बाँट लिया। ऐसी भगतिनों पर बाबाजी का आशीर्वाद फला। देखते-देखते उनके मिट्टी के मकान पक्के भवनों में तब्दील हो गए, जिनके सोने के कंगूरे चमचम चमकते और चाँदी के दरवाज़े से मधुर झंकार निकलती।

बाबाजी के शुरू के ही दिनों की बात है। एक मूर्ख थानेदार को कोयलेश्वर आश्रम के पास ही नदी किनारे झाड़ियों में एक बारह-तेरह साल की कमसिन बच्ची की नग्न लाश मिली। गले में नीबू-मिरची की माला, बालों में अड़हुल के फूल, देह में जहाँ-तहाँ सिन्दूर मला हुआ, साफ़ था कि तंत्र-मंत्र के लिए इस बच्ची का इस्तेमाल हुआ था। बेवकूफ़ थानेदार ने शक के बिना पर शिवदास बाबा को गिरफ़्तार कर लिया। उसे बाबा की शक्ति का अन्दाज़ा नहीं था। हाजत ले जाते—आसपास के गाँव के आदिवासी-सदान भगत सड़कों पर आ गए। सड़क किनारे के जंगलों के बड़े-बड़े पेड़ काटकर घंटों में सड़कों को पाट दिया गया। एक ज़लज़ला-सा आ गया। कलेक्टर-एस.पी. के भी फ़ोन ऊपर से घनघनाने लगे। थाना का वायरलेस मिलने के पहले ही ज़िला के हाकिम-हुक्काम कोयलबीघा ब्लॉक के लिए चल पड़े।

आख़िर उस नासमझ थानेदार को सबके सामने बाबाजी के पैर छूकर माफ़ी माँगनी पड़ी और वहीं से रिहा करना पड़ा, तब जाकर मामला ठंडाया।

बाबा ने उनके शुद्धि आन्दोलन और सुज्ञान-सुचरित्र-संस्कार वाले विद्यालयों के प्रभामंडल से आतंकित होकर एक सांस्कृतिक-संस्कारवान पार्टी ने उन्हें अपनी प्रान्तीय टीम का माननीय सदस्य बना लिया। लेकिन जब बाबाजी ने जन्मभूमि आन्दोलन में बढ़-चढ़कर भूमिका निभाई, हज़ारों की संख्या में अपने भगतों को जन्मभूमि रवाना किया, तो उनका क़द और भी ऊँचा हो गया। वे उस सदाचारी-संस्कारवान पार्टी के नेशनल थिंक टैंक में गिने जाने लगे।

आगामी चुनावों में बाबाजी ने पार्टी के टिकट वितरण में महत्त्वपूर्ण भूमिका निभाई। बाबाजी के ख़ास भगतों को भी अच्छी संख्या में टिकट मिले। ऐसे भगतों में से एक लोकसभा और तीन विधानसभा में पहुँच गए। अब तो बाबाजी का वज़न इतना बढ़ गया कि पृथ्वी भी उनका वज़न उठाने में थरथराने लगी। संयोग से केन्द्र और राज्य दोनों जगहों पर उसी सदाचारी-संस्कारवान पार्टी की सरकारें बन गईं। अब तो लक्ष्मी, कुबेर, वरुण, इन्द्र सबके सब बाबा के आश्रम के स्थायीवासी हो गए। एक रिटायर्ड अनुभवी आई.ए.एस. बिना बाबा के कहे स्वयंसेवी संस्था का निबंधन करवा लाए। दूसरे रिटायर्ड आई.ए.एस. ने सिविल इंजीनियर, कृषि विशेषज्ञ, पशु चिकित्सक, बाग़बानी विशेषज्ञ आदि प्रोफ़ेशनल्स की टीम खड़ी कर दी। शेष काम इन दोनों सेवानिवृत्त हाक़िमों के कार्यरत जूनियरों ने किया। पैसों की तो बारिश होने लगी।

ऐसे महाप्रतापी शिवदास बाबा जब स्वयं लालचन-रुमझुम लोगों की ज़मानत करवाने पहुँचे तो उन्हें आश्चर्य में तो पड़ना ही था।

15

शिवदास बाबा का रसूख देख लालचन दा गद्‌गद थे। आजकल बुधनी दी की देसी केबिन में भी जब देखिए बाबाजी की कहानी। बाबाजी ऐसे, तो बाबाजी वैसे। बाबाजी ने यह कहा, तो बाबाजी ने वह कहा। दिन भर बाबा नाम की रट। एकदम फ़िदा थे लालचन दा।

बाबाजी के एक फ़ोन पर महुआ टोली वाले धनहर खेत पर एक सौ चौवालीस लग गया। लालचन दा के चाचा की हत्या का मामला सी.आई.डी. को, गोनू सिंह की सरकारी ज़मीन की ग़लत बन्दोबस्ती और कोयलबीघा अंचल की सीलिंग से फ़ाज़िल ज़मीन की जाँच का भार भी एक मजिस्ट्रेट को सौंपा गया। वे एक बार आकर अंचल कार्यालय में दिन भर खाता-खतियान उलट-पुलट कर गए थे। फिर आने वाले थे। बाबाजी की बात थी। हर कोई गम्भीरता से ले रहा था।

कोयलेश्वर आश्रम में ही माइंस मालिकों-मैनेजरों की एक मीटिंग बाबाजी ने बुलवाई। खुले खदानों के गड्ढे भरने की माँग को लेकर ही थोड़ी जिच थी। कई मैनेजरों का तर्क था कि अभी एक भूगर्भीय जाँच होनी है कि अन्दर और नीचे बॉक्साइट है या नहीं। यह जाँच बहुत सालों से टलती जा रही है, इसीलिए अभी तक गड्ढे नहीं भरे गए हैं।

किन्तु लालचन-रुमझुम की बात एकदम साफ़ थी कि यह साल-दो साल का मसला तो है नहीं। उन लोगों ने जब से होश सँभाला है, खुले खदानों के गड्ढे को भरते हुए नहीं देखा है। चाहे वह शिंडाल्को जैसी बड़ी कम्पनियों की खदानें हों या पोद्दार-रूँगटा जैसी छोटी कम्पनियों की। सबको केवल बॉक्साइट से मतलब है। उसके बाद मिट्टी भरने का ख़र्च कम्पनी को भारी लगने लगता है। चाहे मुनाफ़ा करोड़ों से अरबों की ओर उछलता जा रहा हो। ये लोग पाट क्षेत्र में एक पैसा ख़र्च करने के लिए तैयार नहीं। दरअसल असली बात यह है कि ये हमलोगों को आदमी में गिनते ही नहीं हैं। अब तक इन खुले खदानों की बरसाती जमे पानी में पल-बढ़ कर मच्छरों ने हमारा जीना हराम कर रखा है। हमारे होश में चार दर्जन से ज़्यादा नई उमर के लड़के माथा बुख़ार-सेरेब्रल मलेरिया-से मरे हैं। बूढ़े-बुजुर्गों की तो गिनती ही नहीं। हमारे दुख से इन्हें क्या, इनको तो बस अपने मुनाफ़े से मतलब है।

बाबाजी ने हाथ उठाकर आगे बोलने से रोक दिया। फ़ैसला यही हुआ कि गड्ढे तो भरने होंगे। असुर समाज के पढ़े-लिखे लड़कों को भी ऑफ़िस में धीरे-घीरे एडजस्ट करना होगा। पीने के पानी की सुविधाएँ और एक छोटे हॉस्पिटल का निर्माण भी मुद्दा था, जिसे बड़े अनमने ढंग से स्वीकार किया गया।

लालचन दा तो बाबाजी के पक्के भगत हो गए। रुमझुम खीजते रहते। लेकिन ऐसी श्रद्धा की पट्टी ऐसी लालचन दा की आँखों पर चढ़ गई थी कि कुछ भी सुनने को तैयार नहीं। कविता-नमिता का नाम मेरे स्कूल से कटवाकर कोयलेश्वर आश्रम वाले आवासीय विद्यालय में लिखवाया गया। टोला-टोला घूमकर बाबा के हवन की तैयारियों में डूब गए लालचन। पाट पर भी कंठीधारियों की बाढ़ आ गई।

बुधनी दी की चाय की दुकान में रुमझुम अकेले बैठ कुढ़ते रहते। मुझसे भी बातचीत उन्हें नहीं सुहाती थी। डॉक्टर साहब लालचन की नौटंकी पर सिर्फ़ हँसते। उन्होंने रुमझुम को भी समझाने की कोशिश की कि अभी नया-नया रंग चढ़ा है, जल्दी उतरेगा नहीं। थोड़ा समय बीतने दीजिए, उसे ख़ुद ही होश आ जाएगा।

लेकिन मुझे धीरे-धीरे महसूस हो गया कि रुमझुम की मुझसे नाराज़गी की वजह क्या है? ज़रूर गन्दूर ने कुछ कहा होगा। इधर, कुछ महीनों से एतवारी भी आगा-पीछा सोचना छोड़ चुकी थी। उसे मेरी आदत-सी हो गई थी, जबकि मेरे मन से जमुनिया रंग का जादू उतरने लगा था। लगता था कि अब हमारे बीच सिर्फ़ देह और देह की आदत ही शेष रह गई है। हम दोनों में से कोई भी एक-दूसरे को और कुछ दे नहीं पा रहा है। कुछ भी नया जुड़ता नहीं दिखता। अब जमुनिया को चाँदनी, गुलईंची, गीत और फूलझर झरना किसी की भी याद नहीं आती थी। देह की बढ़ती छाया ने इन सबको ढक दिया था। अब वह जब भी मेरे पास आती तो पहले की तरह उसके साथ न चाँदनी आती, न गुलईंची की ख़ुशबू, न गीतों की मादकता, न फूलझर की रुनझुन। अब सिर्फ़ देह आती। दिन-प्रतिदिन बासी होती देह।

मैं निसर्ग के इस जामुनी फूल को बासी होते नहीं देखना चाहता था। मैं चाहता था कि चाँदनी बची रहे, गुलईंची की ख़ुशबू बची रहे, आसुरी गीतों की मादकता बची रहे और बची रहे फूलझर झरने की रुनझुन। सो मैंने अब रात में किवाड़ की सिटकनी लगाकर सोना शुरू किया तो उसने खिड़की से कनेर की टहनी से पैरों में गुदगुदी लगाकर मुझे जगाया। जब अगली रात खिड़की भी लगा दी तो लोहे की तार से सिटकनी गिरा दी। अब मेरी समझ में नहीं आ रहा था कि मन से पिघलते जामुनी रंगों को कैसे बचाऊँ?

हाँ! गन्दूर की शिकायत वाजिब थी और उसे शिकायत करने का हक़ भी था। हालाँकि मुजरिम सिर्फ़ मैं नहीं था, वह रात भी थी, साथ में हँड़िया पीने उतरा चाँद भी था, वह बेशर्म चाँदनी भी थी जो गन्दूर की बाँहों में घास पर बिछती चली गई, गुलईंची भी जिसने जमुनिया के साथ बियाबान रात में मुझे अकेला छोड़ा था, किन्तु मैं यह राज़ किसे बताता और कौन विश्वास करता?

16

समझौते के कई महीने बीत गए, किन्तु कुछ विशेष ज़मीन पर उतरता नहीं दिख रहा। हाँ, शिंडाल्को जैसी बड़ी कम्पनियों ने सड़क किनारे के बन्द पड़े पुराने दो-चार खदानों को दिखावे के तौर पर भरवा दिया था। रुमझुम, सोमा, भीखा जैसे कुछ प्रमुख असुर युवाओं को ऑफ़िस में जगह दी गई थी, लेकिन वे भी कोई बहुत ख़ुश नहीं दिखते थे। नया काम सिखाने के बदले उन्हें बात-बात पर जलील किया जाता था। रुमझुम के संस्कृत ऑनर्स, इतिहास की जानकारी से उन्हें मतलब नहीं था। वह फ़ील्ड में लेबर के साथ मेठ के रूप में काम करना चाहता था, तो उसे एकाउंट्स के कैश-बुक थमा दी गईं। एकाउंट्स में मन नहीं लगता। ग़लतियाँ होतीं तो, और तो और, पोद्दार माइनिंग ऑफ़िस का दूबे चपरासी भी मज़ाक़ उड़ाता और यह बात रुमझुम के दिल पर लगती।

भेलवापाट के पांडे जी के बँगले में पानी पहुँचाने वाला टैंकर अब एक चक्कर और मारने लगा। दोपहर को वह टैंकर सखुआपाट बाज़ार में खड़ा रहता। आसपास के एकाध टोले की सियानीमन को पानी ढोने से राहत मिली। लेकिन और नीचे किसी सोते-झरना-पझरा से मोटर की मदद से पानी उठाने की कोई योजना कहीं दिख नहीं रही थी। हॉस्पिटल की तो जैसे बात ही मैनेजमेंट भूल गया था।

समय बीतते मुँह छुपाने वाले जेम्स लकड़ा और उसके साथी नई-नकोरी मोटरसाइकिलों पर अक्सर दिखते। किसी को खदानों में पेटी कंट्रैक्टरी मिली थी तो किसी को सेकेंड हैंड ट्रक। गद्दारी के ये ही इनाम। पाट का कोई भी लड़का उन लोगों से मुँह नहीं लगाता था। बुधनी की चाय की दुकान पर ही कई बार हाथापाई होते-होते बची। कनारी और पाट के बीच तनाव इतना बढ़ गया कि डॉक्टर साहब को अपना डेरा वहाँ से हटाना पड़ा। अपनी माँ और बहनों को लेकर वे सखुआपाट ही आकर रहने लगे।

लेकिन अब पाट पर भी न पहले जैसी एका थी, न शान्ति। कंठीधारी भगत और कंठी न पहनने वालों के बीच अनावश्यक झगड़ा होता रहता। लालचन के सिर से अभी बाबाजी का भूत उतर नहीं रहा था। तब रामकुमार को कुछ बातों पर अड़ना पड़ा। बाबा के झाड़-फाँस, दिखावा-पाखंड को उनसे ज़्यादा बेहतर कोई नहीं जानता था।

कनारी डेरे से कितनी बार उन्हें आधी-आधी रात को चुपके से गाड़ी में बैठाकर आश्रम ले जाया गया था। कितनी-कितनी बार उन्होंने बाबा की कोठरी में बेहोश पड़ी कमसिन बच्चियों को पानी-ख़ून चढ़ाकर जान बचाई थी—उसका कभी हिसाब नहीं रखा। लेकिन देखते ही इनके मन में उसके चेहरे पर थूकने का मन करता। बबवा पर्वटेड था। उसे मानसिक इलाज की ज़रूरत थी।

अकेले में किसी भी उम्र की महिला को देखकर वह अपना मानसिक नियंत्रण खो देता था। भाँग-गाँजे के नशे में हो तब तो पूछिए मत, पक्का जानवर बन जाता, जानवर। जबसे आवासीय स्कूल का चक्कर चल निकला था, तो उनकी विकृतियों को पंख लग गए थे। अब रोज़ रात में पैर-वैर दबाने के लिए कमसिन लड़कियाँ चाहिए थीं। इतने सालों से यह सब चल रहा था। कौन नहीं जानता था! पूरे कोयलबीघा अंचल का हर समझदार आदमी इन बातों से वाक़िफ़ था। किन्तु कोई मुँह नहीं खोलना चाहता। सब उसके रसूख से डरते। आश्रम में जहाँ-तहाँ के क्रिमिनल दाढ़ी-वाढ़ी बढ़ाकर धूनी-गाँजा रमाए पड़े रहते। उनसे डरते। थाना-पुलिस-प्रशासन पर उसकी पकड़ से डरते। उस दिन अकेले में डॉक्टर साहब ने सारी भड़ास मेरे सामने एक ही साँस में निकाल दी।

डॉक्टर साहब के अड़ने के दो बिन्दु थे। एक कि ई सब काला पशु वाला ड्रामा यहाँ नहीं चलेगा। ग़रीब असुरों के पशु मिट्टी के मोल हाट में नहीं चढ़ेंगे। लालदेव ने ज़्यादा हाव-भाव दिखाया तो उन्होंने दो-तीन लड़कों को भेजकर सखुआपाट हाट से एक छोटे व्यापारी को पकड़वाकर मँगवाया। एक कोठरी में बन्द कर चार-पाँच जूते लगाए। उसने बल-बल सारी बातें बक दीं कि प्रति जानवर उन्हें आश्रम को कितना रुपया देना पड़ता था। अब जाकर लालचन का नशा फटा। 'बाबा नाम रटनम' की गति थोड़ी थमी।

दूसरी बात यह कि पाट में जो असुरों का रोज़ का खाना है, उसमें प्रोटीन तो होता ही नहीं है। दलहन के नाम पर सरगुज्जा के साथ थोड़ी-बहुत उड़द होती थी, जिसकी भतुआ या पके खीरे के साथ बड़ियाँ सुखाकर रख ली जातीं। मर-मेहमान के आने पर भात और बड़ी की रसदार सब्ज़ी बनती। झोर-भात। अन्य दिनों तो सागों के सहारे घट्टा या भात से पेट भरा जाता।

केवल तीन-चार दिन पर लगने वाले हाटों से ही थोड़ा-बहुत मांस या कभी-कभी नदी-झरना से पकड़ी गई मछली ही एकमात्र प्रोटीन के आधार थे। इन्हें खाना छोड़ देने पर तो बच्चों की बढ़त रुक जाएगी और जवानों की देह भी जल्दी गिरने लगेगी। इसीलिए मांस-मछली छोड़ना ठीक नहीं होगा। बहुत बतकुच्चन के बाद यह तय हुआ कि मांसाहार करते समय भगत कंठी उतार लेंगे। फिर नहाने के बाद कंठी पहन लेंगे।

उधर महुआ टोली के धनहर खेत का धान पककर झड़ने लगा था, किन्तु बात अभी तक सुलझी नहीं थी। मर्डर केस भी वहीं का वहीं। ज़मीन की जाँच भी वहीं की वहीं। पुराने वाले मजिस्ट्रेट का ट्रांसफ़र हो गया। नये वाले ने अभी चार्ज नहीं लिया। ऑफ़िस में बहानों के एक सौ एक तरीक़े चालू।

इस बार फिर डॉक्टर साहब ने ही ख़बर दी थी कि गोनू-ख़ानदान धान काटने का उपाय निकाल रहा है। किनारे-किनारे का एक हाथ छोड़कर बीच का धान काट लेने का इरादा है ताकि क़ानूनी पचड़े से बचा रहे। हो सकता है, किसी वकील ने या थानेदार ने ही यह सलाह दी हो। जल्दी ही कुछ करना होगा।

बात बालचन से छुपानी थी, लेकिन छुप न सकी। अभी-अभी ठीक हुआ था। पिछले दो-तीन हफ़्ते से ही खुराक अच्छी हुई थी। चेहरे पर चमक और हँसी लौटी थी। कोई नहीं चाहता था कि वह फिर ग़ुस्से में कोई उलटा-पुलटा क़दम उठाए। इसी बार के इलाज में परिवार टूट गया था। अब और मुसीबत के लिए कोई तैयार नहीं।

इस बार रात में बहुत चुपके से निकला बालचन। घर में किसी को ख़बर नहीं। साथ सोई गोमकाइन को भी नहीं। न जाने क्या उपाय किया, भोर होने के पहले धान का बोझा दुआर के खलिहान में। कुछ लोग फुसफुसाए

कि इस बार जंगल के साथी लोगों की मदद ली बालचन ने। किसी का कहना था कि गाँव के साथियों के साथ मसान की राख लेकर गया था। महुआ टोली गाँव की ओर फूँक मारकर राख उड़ाई। पूरा गाँव ऐसी नींद सोया कि किसी को कुछ पता नहीं चल सका। जो भी हुआ हो, घर का धान, घर में आ गया।

17

लालचन दा ने ही बताया कि ललिता आई है। बच्ची ने इग्ज़ाम लिखा है। अभी छुट्टी है। रास्ते में कविता-नमिता के स्कूल भी घुसी थी। ई लोग बीमार दिख रही थीं, सो साथ में ले आई। बताती तो नहीं हैं, लेकिन उसकी चाची कह रही थी कि आश्रम में किसी से झगड़ा-वगड़ा भी हुआ है। आप पूछकर देखिए, शायद आपको बताए।

शनिवार की शाम को मैं आदतन अम्बाटोली पहुँचा हुआ था। रुमझुम अपनी पोद्दार माइंस की नौकरी और शायद गन्दूर की शिकायत के कारण मुझसे कटते रहते। नौकरी के ही कारण कम परेशानी नहीं थी। मैं उन्हें और परेशान नहीं करना चाहता था। सोमा-भीखा से ही मालूम हुआ कि आजकल महुआ पर मार किये रहते हैं। ढेर पीने लगे हैं। अक्सर ऑफ़िस में नागा होने लगा है। कोई ठीक नहीं है कि हटाइयो दे पोद्दरवा।

लालचन दा, डॉक्टर साहब सब रुमझुम की पीने की बढ़ती आदत से परेशान थे। कारण भी समझ रहे थे। रुमझुम ने शुरू से ही ऑफ़िस में अपनी ज़लालत की एक-एक बात बताई थी। मिश्रा जी, वर्मा जी, गुप्ता जी और चपरासी दूबे के ज़हर-बोलों को सुनाया था। उसी समय कुछ करना चाहिए था। अब बात हाथ से फिसलती लग रही थी।

आज लालचन दा उन्हीं बातों को याद कर रहे थे कि अगर शुरू में ही पोद्‌दार खदान के मैनेजर को सब मिलकर डाँट देते तो हो सकता था कि रुमझुम को फ़ील्ड का मनचाहा काम मिल जाता। आज यह नौबत नहीं आती। कल रात मे ही पीकर अपने घर कन्दापाट के डहर में फिसलकर हाथ-पैर छिलवा लिये। सिर में भी चोट आई है।

तभी ललिता चाय लेकर आती दिखी। लालचन दा ने बहुत पहले ही बताया था कि ललिता है तो उनकी भतीजी, लेकिन बेटी से बढ़कर है। उनके बड़े भाई और भाभी मलेरिया से ही एक ही साल में गुज़र गए थे। पहले भाई, फिर छह महीना में ही भाभी। उस समय ललिता तेरह-चौदह की रही होगी। सातवीं में पढ़ती थी। पढ़ने में पहले भी मन लगाती थी, किन्तु आयो-बाबा के जाने के बाद एकदम चुप्पा हो गई। किताबों में मुँह दिये रहती। सो चाची का भी दुलार बढ़ गया। पढ़ाई में कोई दिक़्क़त न हो इसका ख़याल रखा जाता। दसवीं-ग्यारहवीं में रुमझुम ने भी घर आ-आकर ख़ूब मेहनत से पढ़ाया। ख़ूब अच्छा रिजल्ट की। आज एम.ए. में है। चुप्पा तो आज भी है।

वह कब आई, कब जोहार किया, कब चाय रखकर चली गई—कुछ याद ही नहीं रहा। मैं भकुआकर देखता ही रह गया। कम-से-कम पाट पर ऐसी सुघड़, सुरुचिपूर्ण पहनावे वाली सुन्दर लड़की मैंने नहीं देखी। लालचन दा और उनके परिवार के अन्य बच्चों जैसी ख़ूब गोरी तो नहीं थी, किन्तु खुलता हुआ

गेहुँआ रंग दमक रहा था। औसत से ज़्यादा लम्बी, छरहरी, कुल मिलाकर एक अजब तरह की भव्यता, जो मुझे किसी की याद दिला रही थी। मैं दिमाग़ पर ज़ोर डालने लगा,अभी हाल में ही पढ़ी थी, हूबहू ऐसे ही व्यक्तित्व की कहानी। कुछ ही क्षणों में पोकाहांतस ध्यान में आ गई।

सन् 1607 में प्राचीन अमेरिका के वर्जीनिया प्रान्त में अंग्रेज़ों ने जेम्सटाउन नामक पहली बस्ती की स्थापना की थी। किन्तु मूल निवासी रेड इंडियंस को इनकी गतिविधियाँ पसन्द नहीं आ रही थीं। जेम्सटाउन के एक बड़े अधिकारी कैप्टन जान स्मिथ को रेड इंडियन मुखिया राजा पोवातन ने बन्दी बना लिया। लेकिन जिस दिन उसे मृत्युदंड की सज़ा देनी थी, राजकुमारी पोकाहांतस ने कैप्टन की जान बचाई। राजकुमारी ने जेम्सटाउन के अंग्रेज़ों की कई बार चुपके से मदद की। उनकी जानें बचाईं। उसी पोकाहांतस को उन लोगों ने धोखे से जहाज़ पर बुलाकर गिरफ़्तार कर लिया। एक विधुर अंग्रेज़ व्यापारी जॉन रोल्फ से शादी कर दी गई। पोकाहांतस को लंदन ले जाया गया। राजदरबार में राजकुमारी पोकाहांतस के गरिमापूर्ण व्यक्तित्व और उच्च व्यवहार से सारा लंदन उनका दीवाना हो गया है। सर रैले उससे मिलने आए। कवि बेन जॉनसन घंटों निहारते रहे। उनके मुँह से बोल तक नहीं फूटे। लेकिन प्रकृति की यह बेटी लंदन के दूषित वातावरण को नहीं सह सकी। उसे टी.बी. हो गया। कुल 22 वर्ष की उम्र में राजकुमारी पोकाहांतस की मृत्यु हो गई।

उधर राजा पोवातन की मृत्यु के बाद अंग्रेज़ों ने उनकी जनजाति का लगभग सफ़ाया कर दिया। उनकी आबादी आठ हज़ार से घटकर एक हज़ार मात्र रह गई, और वे भी बिखरकर नष्ट हो गए।

न जाने क्यों ललिता को देखकर मुझे राजकुमारी पोकाहांतस की याद आई! क्या नियति कुछ इशारे कर रही थी? क्या ललिता का असुर समाज भी

बिखरकर नष्ट होने वाला था? कुछ समझ में नहीं आ रहा था। यह आशंका-सी क्यों? बाईं आँख क्यों फड़क रही थी?

लालचन दा के बाबा ने आवाज़ दी। वे उठकर गए। मैं अपने झोले से निकाल पत्रिका को उलटने लगा, तभी भौजी के संग ललिता फिर आई। कविता-नमिता का फिर से भौंरापाट स्कूल में नाम लिखाने की बात थी। भौजी ही बता रही थीं कि ललिता एक दिन के लिए भी कोयलेश्वर स्कूल भेजने को तैयार नहीं है। कौन तो शिवदास बाबा का एक दढ़ियल चेला भेंटाया ललिता को। आशीर्वाद देने के बहाने जहाँ-तहाँ हाथ धरने लगा। एक ही थप्पड़ मारा कि हंगामा हो गया। बच्ची अब भी बीमार-बीमार दिखती है। न ठीक से खाती-पीती है, न हँसती-बोलती है। बच्ची लोग के बाबा सुनेंगे तो क्या सोचेंगे-समझेंगे? आप ही ले जाकर डागदर साहब को देखा आइए।

अन्दर आँगन पार कर बच्चियों की कोठरी में पहुँचा तो पहचान में नहीं आ रही थीं दोनों। चेहरा-कुम्हलाया हुआ, वज़न भी घटकर आधा। आँखें अन्दर धँसी हुईं। होंठ पपड़ियाए हुए। लगा कि महीनों से बीमार हैं। डॉक्टर साहब को ही लेकर आना मुझे जँचा।

डॉक साहब ने सुनते ही मामला समझ लिया। भुनभुनाने लगे कि डायन भी सात घर छोड़कर खाती है, लेकिन ई बबवा साला राक्षस है राक्षस। ज़रूर ई बच्ची लोग को रात में पैर दबाने के लिए बुलाया होगा। उसके बाद ही छोटी बच्चियाँ पथरा जाती हैं। दर्जनों ऐसे केस उस आश्रम में मैं देख चुका हूँ। लाज, शरम, भय सब घोलकर पी गया है हरामी।

भुनभुनाते वे अपने हिसाब से दवा, सूई, विटामिन और न जाने क्या-क्या इकट्ठा किये और ट्रक पर बैठ मेरे संग चल दिये। अकेले में बच्चियों से पूछताछ की। आशंका सही थी। भारी झटका लगा था कोमल मन को।

भूख-प्यास, नींद सब उड़ गई थी। चारों तरफ़ वह राक्षस लँगटा बाबा ही दिखता था। नींद, भूख बढ़ाने, पचाने आदि की गोलियाँ और ख़ूब प्यार और आराम से बढ़कर कोई इलाज नहीं था। ललिता को सब ज़िम्मेदारी समझाई गई।

दूर से मुझे लगा कि ललिता ने कुछ मेरे बारे में रामकुमार जी से पूछा। उन्होंने न जाने क्या-क्या बातें बताईं कि उसकी निगाहें अब आशंकित नहीं लगीं। लगा कि उनमें सहज-अपनापन-सा भाव झाँक रहा है।

18

डॉक्टर साहब का इलाज फला। कुछ ही सप्ताह में कविता-नमिता ठीक हो गईं। बच्चियों का भौंरापाट आवासीय विद्यालय में फिर से एडमिशन भी हो गया। ललिता ख़ुद बच्चियों को लेकर हेडमिस्ट्रेस मिंज मैडम के चैम्बर में गई थी। उसने ही मामला सलटा लिया। मुझे कुछ करना ही नहीं पड़ा। शुरू में वह रोज़ कविता-नमिता को साथ लेकर आती। उन्हें क्लास में भेज मिंज मैडम के पास थोड़ी देर बैठती। मालूम हुआ, मिंज मैडम की प्रिय शिष्या रही थी। दो-चार ही दिन के बाद बताया गया कि ललिता जब तक छुट्टियों में घर रहेगी तब तक यहाँ क्लास लिया करेगी। वैसे भी तीन बजे के बाद रुमझुम की कमी यह स्कूल महसूस कर रहा था। लेकिन एतवारी को यह बात पसन्द नहीं आई। न जाने क्यों उसकी निगाहें ललिता को देखते अजब कठोर हो जाया करतीं।

रोज़-रोज़ स्कूल में भेंट होने से औपचारिकताएँ तो टूटनी ही थीं। ऐसे भी सब उसकी शहद-सी बोली के क़ायल थे। हर कोई उससे बात करने को लालायित रहता, सिवाय एतवारी के, जिसकी आँखें, हाव-भाव सब अंगारे बरसाया करते।

ललिता इन दिनों अपने चाचा लालचन 'का' पर बहुत नाराज़ थी। उसका मानना था कि मर्द और ख़ास कर असुर मर्द किसी के भी झाँसे में आसानी से आ जाया करते हैं। कोई भी उन्हें आसानी से बेवकूफ़ बना लेता है। पुरानी कहानियों से भी ये सीख नहीं लेते। उसे अपने रुमझुम 'का' से बहुत उम्मीद थी। वह उसे अपने संगी सुनील असुर से भी ज़्यादा मेधावी मानती थी। लालचन 'का' को तो उनके आगे कुछ भी नहीं लगाती। कई बार मिलने की कोशिश की। सखुआपाट, पोद्दार माइंस के ऑफ़िस में गई तो सब ऐसा घूरने और फुसफुसाने लगे कि बड़ा अटपटा लगा। लगा कि चिड़ियाख़ाना का नया जानवर समझ रहे थे सब। उस थेथर दूबे चपरासी ने तो हद ही कर दी। एक अश्लील भोजपुरिया गाना गाने लगा। बाक़ियों का हाल भी कुछ वैसा ही। बाप-दादा की उम्र के थुलथुल, लेदहा, अधवयस्क मिश्रा जी, सिन्हा जी, वर्मा, शर्मा, गुप्ता जी लोगों की हरकतें अजीब थीं। कोई बेमतलब दाँत निपोर रहा, कोई फुसफुसा रहा, कोई लगातार खखारे जा रहा। कोई पर्स निकालकर उसे दिखा-दिखाकर नोट गिन रहा था। सब उसे न जाने क्या समझ रहे थे? डेरा में खटने वाली पनिहारिन कि रामरति। दो-चार मिनट से ज़्यादा रुमझुम 'का' के टेबुल के सामने नहीं बैठ पाई। उसे लगा, या तो दिमाग़ फट जाएगा या किसी को पकड़कर धुन देगी। उसकी शिराओं में दौड़ता पिघला लोहा अभी पानी नहीं हुआ था।

कभी-कभी शाम को कन्दापाट जाकर बतियाने की कोशिश की तो होश

में नहीं मिले रुमझुम 'का'। उनकी हालत देख रुमझुम 'का' की आयो उसे देह से सटा सुबकने लगती।

कई-कई बार प्रयास किया ललिता ने कि अपने पुराने रुमझुम 'का' को खोज ले, जो कभी उन्हें रोज़-रोज़ हुलसकर मिलने आते और बहुत मन से पढ़ाया करते थे। लगता कि दुनिया भर की सारी विद्या उसे घोलकर पिलाना चाहते हों। उनकी हर बात उसे तब एकदम नई-नकोरी, चमकती हुई लगती। नई-नई रोशनी की खिड़कियाँ खुलती हुईं। उसकी कल्पना को हज़ार-हज़ार पंख लगाती हुईं। जिसके सहारे वह क्षणों की यात्रा में डूबने लगती। तन यहाँ, मन कहीं और। अम्बाटोली में बैठी-बैठी वह दुनिया भर की सैर कर आती। सारे महादेशों-देशों का नाक-नक़्शा एकदम साफ़-साफ़ दिखता। सारी सभ्यताओं के इतिहास टीवी सीरियल्स की तरह आँखों के सामने नाच उठते। हर विषय इतना मनोरंजक, हल्का, ओस की बूँदों-सा कि उसे विश्वास ही नहीं होता कि रुमझुम 'का' पढ़ा रहे हैं कि नानी-दादी-सा कोई परियों की कहानी सुना रहे हैं।

वह आज भी उसी रुमझुम 'का' को फिर तलाशने को आतुर थी। हर असफलता उसे चुप्पा और घुन्ना बना रही थी। जब उसे लगा कि किसी के सामने मन नहीं खोला तो पागल हो जाएगी, तो सामने मैं ही नज़र आया। शायद कुछ महीनों की रोज़-रोज़ की भेंट ने विश्वास जगाया हो। राजकुमारी पोकाहांतस जैसी गरिमापूर्ण सुन्दरता की मालकिन, जब समय तलाश-तलाशकर बतियाने लगी तो मेरे मन का इतराना स्वाभाविक था। अगर मेरी हालत कवि बेन जॉनसन जैसी हो जाती तो इसके लिए मैं दोषी नहीं था। हालाँकि वह पास बैठती तो एक ख़ुशबू-सी आसपास तैरती रहती, लेकिन जब आवेश में आकर बोलने लगती तो एक धाह-सी साफ़ महसूस होती, जैसे कोई पिघली धातु पास में बह रही हो। ठीक वैसी ही तेज़ जलन वाली धाह।

एक दिन रविवार को अम्बाटोली में वह ख़ूब मूड में थी। मन की सारी घुटन निकालने के मूड में। सिंगबोंगा-कथा की नई व्याख्या सामने आई। "सिंगबोंगा की कहानी में क्या है? सिंगबोंगा ने खसरा लड़के का रूप धरकर असुरों को न केवल मूर्ख बनाया, बल्कि भट्ठी में बन्द कर जला दिया। निश्चित तौर पर भट्ठी में जलाया जाना हूबहू नहीं घटा होगा। लड़ाई में छल से या धोखे से असुरों को ख़त्म किया गया। लेकिन देखने वाली बात यह है कि धोखा असुर पुरुषों ने खाया, स्त्रियों ने नहीं। उस कहानी में भी असुर औरतें ही समझदारी दिखातीं, विरोध दर्ज कराती दिखती हैं। वही आकाशचारी देवता सिंगबोंगा का पैर पकड़ रोकने की ईमानदार कोशिश करती दिखती हैं। भले उसकी क़ीमत चुकानी पड़ी हो और कहानी में उनका रूप बिगाड़कर उन्हें चुड़ैल-भूत बना दिया गया हो।

"आज भी यह कंठी आन्दोलन, यह हवन-भजन, यह लँगटा बाबा—क्या हैं यह सब? क्या काका सब समझते-बूझते बेवकूफ़ नहीं बन रहे? हम प्रकृति के पूजक हैं। हमारे महादनिया महादेव वही नहीं हैं जो लँगटा बाबा के हैं। हमारे महादेव यह पहाड़ हैं। यह पाट है, जो हमें पालता है। हमारी सरना माई न केवल सखुआ गाछ में, बल्कि सारी वनस्पतियों में समाई हैं। हम सारे जीवों से अपने गोत्र को जोड़ते हैं। छोटे जीवों-कीट-पतंगों को भी अपने से अलग नहीं समझते। हमारे यहाँ 'अन्य' की अवधारणा ही नहीं है। जिस समाज के पास इतनी ख़ूबसूरत, इतनी बड़ी सोच हो उसे किसी लँगटा बाबा या किसी और की शरण में जाने की ज़रूरत ही क्या है? लेकिन नहीं, कोई भी नया आदमी आता है, छल-छद्म, झाड़-फाँस देकर फुसला लेता है। और कहेंगे कि वही लोहे की छाती-अरकंठे की बाँहों वाले असुर हैं। पूर्वजों की बातें करेंगे तो लोहा पिघलाने और लोहा पीने और शिराओं में गरम लोहा

दौड़ने की बात की ऊँचाई पर पहुँच जाएँगे। एकदम पेड़ की फुनगी पर, वहाँ से उतरेंगे ही नहीं और ऐसे देखिए तो देह में पानी भी नहीं बचा है।

"क्या तो आन्दोलन हुआ। जेल भी गए। समझौता हुआ। कहाँ हैं समझौते की शर्तें? कहाँ हैं हमारे आजा (दादा) के हत्यारे? कहाँ मिला धनहर पर दख़ल? कहाँ खदान के गड्ढे भरे जा रहे हैं। शिंडाल्को ने भी अब भरने का दिखावा भी छोड़ दिया है। शुरू में जो दो-चार गड्ढे भरे सो भरे। है कहीं हॉस्पिटल खुलने की सुगबुगाहट? सेरेब्रल मलेरिया का कहर जारी है कि बन्द हो गया? आज भी रोज़ ठग-ठेकेदार, दलाल असुर-उराँवों से सादा काग़ज़ पर ठेप्पा लगा-लगा अवैध खनन कर रहे हैं। लड़कियों का दिल्ली-कलकत्ता जाना, मेठ-मुंशी के डेरा जाना छूटा नहीं, बल्कि बढ़ ही गया है। क्या हुआ फ़ायदा जेल जाने का और कंठी गाँथने का?

"मास्टर साहब आप बहुत दोस्त बनते हैं काका के, आप ही पूछिए। वे कुछ करेंगे कि फिर हमीं लोगों को उठना पड़ेगा।"

बुधनी दी की देसी केबिन में लालचन दा के मुँह से बकार ही नहीं फूट रहा। रुमझुम वहीं नशे में धुत्त निंदियाए-से बेंच पर लेटे थे। सोमा-भिखा होश में थे कि बेहोश थे, कुछ पता नहीं चल रहा था। लालचन दा ने मूड़ी गोती तो गोत ही ली। सिर उठाने का नाम ही नहीं। चाय आई। नज़रें चुराकर चाय पीते रहे। आख़िर रहा नहीं गया तो फिर टोका। तब हारे हुए जुआरी-से कहँर-कहँर कर बोलना शुरू किया, मानो दर्द अब सहा नहीं जा रहा हो।

"चाचा की हत्या की सी.आई.डी. रिपोर्ट अभी तक नहीं आई। महुआ टोली के धनहर टोली पर कोई कार्रवाई नहीं हो रही। कई बार शिवदास बाबा से बात छेड़े कि समझौते का कुछ हो नहीं रहा। कोई काम नहीं कर रहा माइंस मालिक सब। दिखावे के लिए एक-दो गड्ढा भरा, फिरा ठप्प।

हॉस्पिटल-पानी का कोई सुगबुगाहट नहीं। एक-दो लोगों को काम भी दिया है तो उलटा-पुलटा। जानबूझ कर ऐसा किया है कि बेइज़्ज़त करके निकालने में सुविधा हो। लेकिन बबवा या तो हाँ-हूँ करके टाल जाता है या फिर पाट पर अगला हवन, अम्बाटोली नीमटाँड़ पर स्कूल खोलने के लिए सादापट्टा की बात करने लगता है।"

"बेकार लँगटा बाबा के फेर में फँसे हम लोग।" सोमा ने बात बढ़ाई।

"अब जो हुआ सो हुआ। उसे पकड़कर रोने से कोई फ़ायदा नहीं। अब जो भी करना है, अपने भरोसे करना है। पाट देवता के भरोसे। सारे असुर-उराँव-सदान गाँवों को जोड़कर।"

लालचन दा की आस अभी ज़िन्दा थी।

तभी डॉक्टर साहब की क्लीनिक से बुलहटा आया। उन्हीं की उम्र का एक मोटा-घोटा मुच्छड़ नेतानुमा ड्रेस में कुर्सी पर पसरा था। मुँह से भभक उठ रही थी। भर मुँह पान। पीक चू-चू कर कुर्ते को छींटदार बना रहे थे। मिला-जुलाकर ज़ोकर जैसा लिजलिजा आदमी। डॉक साहब ने बताया, "गुप्ता जी हैं। कॉलेज में साथ में थे। पॉलिटिक्स में हैं और आजकल शिवदास बाबा के लिए भी काम करते हैं। ये ही बताएँगे, क्या काम करते हैं।"

"अरे! का काम करना है, हो। हमारे जैसा मातबर आदमी भी कुदार पाड़ेगा तो कोल-बकलोल का करेगा? काम-वाम नहीं करते हैं। ई माइंस मालिक लोगों के मुँह में हाथ डालकर मनचाहा निकाल लेते हैं। बबवा बोलता है, दू रुपैया, हम हँसोतते हैं चार रुपैया। बबवा का मुँहमाँगा बबवा के पास, बाकी हमरे पास। ई अड़तीस-चालीस, सब माइंस से महीना फिक्स है। फिक्स। समझे कि नहीं।"

हम सब मुँह बाये सुन रहे थे। लगा कि कुछ अनहोनी बात हो रही हो।

हमें चुप देख वह फिर चालू हो गया, "अरे! क्या डॉगदर, कौन बुड़बक देहाती भुच्च लोग से भेंट करवा दिये। एही लोग से परिचय-पाती का स्टैंडर्ड है का हमरा? हम तो ऐसन लोग से मुँह तक नहीं लगते। ऐसे तुमरे कारण तो कुछो कर सकते हैं...।"

अब बोली बर्दाश्त नहीं हो रही थी। एक पर्दा और उठ चुका था। इस बार हम सबकी हालत एक जैसी थी। एकदम पस्त। मुँह से बकार नहीं फूट रहा। चुपचाप मूड़ी गोते बुधनी दी की शरण में। वही देसी केबिन।

तभी रुमझुम सुगबुगाए। उठकर बैठे। हमें देख पहले मुस्कराए। फिर हँसने लगे। डर भी लगा कि पूरे खिसक गए क्या? लेकिन तभी बेंच पर खड़ा हो गाने लगे। अजब उदास-सा, गीत हमें और भी ज़्यादा उदास-हताश करता हुआ। गीत के शब्द हवा में काँप रहे थे—

हम बाक़ी दिन कैसे गुज़ारेंगे
इसका कोई अर्थ नहीं

हमारी रात
भरपूर काली रात होने का
आश्वासन दे रही

क्षितिज पर एक भी तारा नहीं
उदास हवाएँ
दूर कहीं विलाप कर रहीं

हमारे क़दमों के ठीक पीछे
हमारा दुर्भाग्य चल रहा है

एक ज़ख़्मी हिरण
अपने पीछे आते हुए
शिकारी की आवाज़ सुनकर
अपने आप को
अपनी पूर्ण मृत्यु के लिए
तैयार कर रहा है

सब भीतर तक थरथरा गए थे। एकदम भक्क। लगा, काला भविष्य सामने आकर खड़ा हो गया हो। मुझे याद आया कि यह रेड इंडियंस वाली किताब का गीत है। रेड इंडियंस के एक सर्वमान्य मुखिया चीफ़ सियेटल का 1686 ई. का गीत। लेकिन न जाने क्यों वह आज का और आने वाले कल का गीत लग रहा था।

19

"आपकी देह से एक औरत की गन्ध आती है, मास्टर!"

यह ललिता थी। हम अम्बाटोली के जंगल ढलान के पहाड़ी सोते, नन्हे झरने के पास साथ-साथ बैठे थे। पहाड़ी नाले से तेज़ी से गुज़रते समय के बीच हम दोनों ने मिलकर कोलम्बस की तरह एक ख़ूबसूरत नया टापू ढूँढ़ निकाला और उसे दोस्ती नाम दिया था। हम जुड़वों की तरह एक ही तरह से सोचते, एक ही तरह से बोलते। कभी-कभी तो ऐसा होता कि जो मैं सोचता रहता, ठीक वही बात ललिता बोल पड़ती। जब मैं बताता कि अभी मैं भी यही सोच रहा था, तो हम बरबस एक साथ हँस पड़ते। सारा दुराव-छिपाव इसी निर्दोष हँसी की तेज़ धारा में बहने लगा था।

लेकिन इस बात पर मैं क्या बोलता? जब से ललिता ने स्कूल में क़दम रखा था तब से ही एतवारी का हावभाव बदल गया था। शुरू में जो आँखें

अंगारे बरसाया करतीं, वही बाद में भावशून्य हो गईं। उसकी छठी इन्द्रियों ने मुझसे पहले ही इस ख़ूबसूरत टापू का पता पा लिया था। अब तो हमेशा कटने की कोशिश करती। बच्चे और गन्दूर पहले की ही तरह सहज थे। उसी तरह से कमरे में आकर होमवर्क करते। टीवी देखते। केवल एतवारी ने ही आना-जाना, बोलना-चालना एकदम छोड़ दिया था। गन्दूर तो ख़ुश लगता ही था। मुझे भी न जाने क्यों राहत-सी महसूस होती।

लेकिन आज ललिता को मेरे शरीर से औरत की गन्ध कहाँ से मिलने लगी? यह समझ में नहीं आ रहा था। सो, हलके से मुस्करा भर दिया।

"देखिए! हम लड़कियों को यह गन्ध एक ही साथ खींचती भी है और दूर भी ठेलती है। आख़िर चक्कर क्या है? लिविंग टुगेदर का कोई मामला तो नहीं?"

इस सुदूर वन-प्रान्तर में लिविंग टुगेदर की बात बड़ी अटपटी लगी। लेकिन ललिता का कहना था कि आपकी ही दुनिया के लिए नई बात है और अभी-अभी फ़ैशन में आई है। आदिवासी समाज में तो यह बहुत पुराने दिनों से मान्य है। विवाह में किसी भी तरह की कठिनाई आ रही हो, तो लड़का-लड़की साथ-साथ रहना शुरू कर देते हैं। लेकिन बेटा-बेटी की शादी के पहले शादी की रस्म निभानी पड़ती है। यह ज़रूरी है। कभी-कभी एक ही मड़वे पर माँ-बाप शादी करते हैं, बाद में बेटा या बेटी की शादी होती है। आर्थिक कठिनाई से अगर साथ रह रहे हों तो विवाह का ख़र्च इकट्ठा होते ही शादी की रस्म पूरी कर ली जाती है। इसीलिए यह लिविंग टुगेदर का फ़ैशन यहीं से उतरकर वहाँ गया है।

लेकिन ललिता का सवाल अभी भी वहीं अधर में लटका था कि आख़िर यह क्या चक्कर है और गन्ध किसकी है?

मैंने लाख इनकार किया, लेकिन वह किसी भी क़ीमत पर मानने के लिए तैयार नहीं थी।

वह ना-ना करती सिर हिला रही थी कि कवि बेन जॉनसन की आत्मा मेरे ऊपर उतर आई। मेरी टकटकी लग गई। सब कुछ खोता-सा लगा। कोई शब्द नहीं। ध्वनि नहीं। समय थमा हुआ। देश-काल सब गुम। केवल नज़रें टकटकी लगाए अपनी प्यास मिटाती हुईं। पूरा वजूद ढलकर उन्हीं नज़रों में समाता हुआ। लगा कि गन्दुमी रंग का कोई गुलाब सामने अपनी टहनी पर झूल रहा है। वही कोमल गुलाब अब मेरी हथेलियों में बन्द है, जिसे मैं अपने होंठों तक ले जाना चाहता हूँ। तभी लगा कि यह गुलाब नहीं, हरी-भरी विशाल पहाड़ी है, जिसके गहरे-हरे-घने जंगल में मैं भटक रहा हूँ। फिर लगा कि अभी-अभी चाँद नीचे उतरा और साथ में महुआ की डाल पर आ बैठा है। चाँद के हिलने-डुलने से महुआ टपकने लगा टप...टप...टप!

लगने लगा कि इस सामने बैठे गन्दुमी गुलाब ने, महुआ डाल पर साथ बैठे इस छरहरे चाँद ने ही सृष्टि को अर्थ दिये हैं। वरना यह सृष्टि निरर्थक थी। सूरज की लाली, चाँदनी की शीतलता, नदियों की गति, धरती का सोंधापन, कोंपलों का गुलाबी रंग, पत्तों की हरियाली, सबके सब इससे मिलकर ही अपनी सार्थकता और अर्थवत्ता पाते हैं। यह नहीं, तो सृष्टि का कोई अर्थ ही नहीं है।

तभी नज़रों के सामने तालियों की आवाज़ हुई और दिवास्वप्न टूट गया। झेंपने लगा, तो ललिता ठहाका लगाने लगी। "आपसे दोस्ती जमेगी। चलिए! हम लोग सहिया जोड़ लें।" यह ललिता की घोषणा थी। सहिया जोड़ने, यानी दोस्ती की विधिवत् घोषणा की अच्छी-ख़ासी प्रक्रिया थी।

लालचन दा सुनकर हँसने लगे। "लड़का-लड़का और लड़की से लड़की का सहिया जोड़ाए तो देखते-सुनते आए। अब ललिता नया विधि-विधान, परम्परा शुरू कर रही है। लेकिन अच्छा है। सहिया भी चुनी है तो अपने जैसा किताबी कीड़ा। दिन-रात आकाश ताकने वाला। बढ़िया है।"

लगा उन्हें सचमुच ख़ुशी हुई। घर में उनके बाबा को छोड़कर बाक़ी सब ख़ुश ही थे।

भौजी ने समझाया कि ख़र्चा होगा। ऐसे ही सहिया नहीं जुड़ाता है। कुछ उपहार-सुपहार भी देना पड़ता है। ललिता की पसन्द की चीज़ यहाँ के हाट-बाज़ार में कहाँ मिलेगी। शहर जाकर लाइए। इसी एतवार को रस्म होगी।

छोटी-सी रस्म थी। मैंने सलवार-सूट का कपड़ा और एक पेन-सेट उपहार में दिया। ललिता एक सुन्दर-सी रेडीमेड शर्ट मेरे लिए लाई थी। फिर हमने एक-दूसरे को गुलईंची का फूल भेंट किया। अब तो एक-दूसरे को नाम से नहीं, फूल कहकर सम्बोधित करना था।

लालचन दा ने ख़स्सी-वस्सी काटा था। जमकर सारे गाँव के लड़के-लड़कियों ने खाया-पीया। माँदर की थाप पर रात भर अखड़ा में सब नाचते रहे। खींच-खींच कर मुझे ले जाते, लेकिन मैं लय से जुड़ नहीं पाता। गड़बड़ा जाता। हार-थककर लालचन दा के पास जाकर बैठ जाता।

यह झूमर नाच भी क्या था? अर्द्धवृत्ताकार में झुककर कुछ क़दम आगे बढ़ाना फिर सिर उठाकर पीछे हटना। मानो हरे-भरे धान के खेत में हवा बह रही हो और फ़सल हवा के संग झूमकर झुक रही हो, उठ रही हो। मानो बाँस का जंगल, तेज़ हवा के साथ लचक-लचक कर किलोल कर रहा हो। मानो नदियों की लहरें धीमी लय में गिर-उठ रही हों। आकाश में पंछी, समूह में उड़ान भरते घोंसले को वापस जा रहे हों। प्रकृति ख़ुद अपने आदिम रूप में पूरे ब्रह्मांड के दिव्य नाच के साथ एकाकार हो रही थी। चाँद डूबने लगा था। रात ओस में डूब, भीगे कम्बल की तरह वज़नी हो रही थी। सब झूम रहे थे। लेकिन मेरे कानों में कोयल की कुहू-सा गूँज रहा था, "ऐ फूऽऽल!"

20

उस दिन सखुआपाट के बीफे बाज़ार में हवा कुछ बदली हुई थी। लोगों के चेहरे से हँसी ग़ायब थी। इधर-उधर झुंड में खड़ी फुसफुसाहटों की बेचैनियाँ आशंकित कर रही थीं। लालचन दा जब बुधनी दी वाली देसी केबिन में आए तो बात खुली। "वन विभाग ने खतियान में दर्ज सैंतीस वन-गाँवों को खाली करने की नोटिस दी है। क्या तो भेड़िया सबको बचाने के लिए कोई योजना है। क्या तो अभयारण्य बोल रहे थे। इतना टेढ़ा नाम है, तब ही तो काम भी टेढ़ा हो रहा है। ई सैंतीस वन ग्राम में बाईस गाँव असुरों का है, बाकी उराँव, खेरवार और सदान लोगों क़ा।"

सुनते ही सन्नाटा-सा छा गया।

"भेड़िया मन के बचावे ला आदमीमन के जान लेबैं।"

"यह योजना है कि जान मारने की स्कीम!"

"पहले से ही कौन परेशानी कम थी, ऊपर से यह जंजाल।"

"संकट जब आवे ला भाई, तब चारों ओर से आवेला।"

सबके माथे पर पसीना। चुप्पी-सी छा गई। सब मुड़ी गोतकर सोच में डूब गए। तभी मातल रुमझुम ने आँखें खोलीं। खड़ा होकर अपने गीत की एक पंक्ति दुहराने लगा, मानो सूई एक ही जगह अटक गई हो—

शिकारियों के बूटों की धमक
साफ़ सुनाई दे रही है
बच नहीं पाओगे
ज़ख्मी हिरण
बच नहीं पाओगे।

सबों की हताशा अब साफ़ झलक रही थी। लालचन दा उठे। रुमझुम को पकड़कर बैठाया। उसके लिए नींबू चाय मँगवाई ताकि नशा टूटे। तय हुआ कि कल दिन में अम्बाटोली में ही जुटान हो। सारे गाँवों के बैगा-पुजार, पाहन और पढ़े-लिखे लड़के आवें। नोटिस वाले सब गाँवों को ख़बर दी जाए। इस बार अपने भरोसे लड़ाई छेड़नी होगी।

शाम को सखुआपाट छोड़ने के पहले डॉक्टर साहब के क्लीनिक में राय-विचार हो रहा था। तभी शिवदास बाबा का सन्देश आया। ट्रक से एक चेला पहुँचा था। सन्देश यही था कि केन्द्र सरकार की इस भेड़िया अभयारण्य वाली योजना का विरोध करना है। लड़ाई में बाबा साथ देंगे।

सब लोग बहुत चौंके। लालचन दा और पाट के और लोगों का आश्रम आना-जाना लगभग छूट ही गया था। धीरे-धीरे सारे बच्चे-बच्चियाँ उनके स्कूल से वापस आ गए थे। कोई हवन महीनों से नहीं हुआ था।

अम्बाटोली में स्कूल खुलने की बात तो लोग भूल ही गए थे। अब तो लोग कंठी-वंठी भी उतार दे रहे थे।

"अब ई बबवा को का हुआ? ऐतना दया-माया क्यों?"

ढेर सारे सवाल थे जिनके उत्तर ढूँढ़ने की ज़िम्मेदारी डॉक्टर साहब पर छोड़ी गई।

डॉक्टर साहब की ख़बर थी कि वन विभाग ने बहुत पहले रिपोर्ट भेजी थी कि लगभग चौंसठ वर्ग किलोमीटर क्षेत्र में पहले भेड़ियों की संख्या सात सौ अट्ठासी हुआ करती थी, वह घटती-घटती एक सौ छिहत्तर रह गई है। तैंतीस पेज तो ख़ाली इन भेड़ियों की इस ख़ास नस्ल पर ही लिखा गया है, तब यह बताया गया है कि इनका बचाया जाना कितना ज़रूरी है। वन विभाग असुरों और आदिवासियों को अपने क्षेत्र में घुसपैठिया मानता है। वह यह मानने के लिए तैयार नहीं है कि वन गाँवों में लोग सैकड़ों वर्षों से रहते आए हैं। वन विभाग ही बाद में आया है। वनस्पतियों और जीवों की तरह आदिवासी-आदिम जाति भी जंगल के स्वाभाविक बाशिन्दे हैं। यह स्वीकार करने से उनकी पढ़ाई रोकती है। वे गाँव ख़ाली कराकर ही दम लेंगे। दूसरी ख़ास बात डॉक्टर साहब को यह लगी कि अभयारण्य के लिए कँटीले तारों का घेरा डालने का काम 'वेदांग' जैसी बहुराष्ट्रीय कम्पनी ने लिया है। इतनी बड़ी कम्पनी ने इतने छोटे काम में हाथ डाला, इसमें ज़रूर कोई राज़ है। बहुत वर्षों से इस इलाक़े से बॉक्साइट बाहर नहीं भेजकर यहीं कारख़ाना खोलने की बात उठती रही है। लगता है 'वेदांग' उसी टोह में आ रहा है। ग्लोबल गाँव का बड़ा देवता है वेदांग। यह उँगली पकड़कर बाँह पकड़ने वाली बात लगती है। यह कम्पनी है विदेशी और नाम रखा है 'वेदांग', जैसे प्योर देशी हो। कितना चालू-पुर्जा है इसी से पता चलता है।

बबवा का इंटरेस्ट तो इसीलिए है कि इलाक़े के एम.पी. साहब, जो केन्द्रीय वन राज्य मंत्री भी हैं, इसे उतना घास नहीं डालते। सांसद कोटा से अपने नये स्कूल भवन के लिए फ़ंड माँगे थे बाबाजी, लेकिन एम.पी. साहब ने मटिया दिया था। ऐसा कई बार हो चुका है। सो बबवा ग़ुस्सा में है। अलग-अलग पार्टी के होने के कारण भी तनाव होगा। विधायक जी भी इस बार एम.पी. चुनाव लड़ने के मूड में हैं। दूसरी अन्दरूनी बात यह लगती है कि बबवा और विधायक जी दोनों भितरिया शातिर चीज़ हैं। 'वेदांग' कम्पनी के साइनबोर्ड से ही बहुत कुछ सूँघ रहा होगा। कुछ बड़ा गेम ज़रूर होगा आगे। तभी मुख़ालफ़त को सोच रहा है ई लोग।

हमें इन पचड़ों में नहीं पड़ना है। लड़ाई फिर शुरू हो। इस बार हर हाल में गिरफ़्तारी से बचना है। इस बार नक्सली वाला केस ठोंकेगा थाना। 'वेदांग' ने पूरा खिलाया है।

अम्बाटोली की बैठक में सारे पाट के हर गाँव के बड़े-बुज़ुर्ग, बैगा-पाहन, पुजार-महतो सब जुटे। पुरानी माँगों के साथ-साथ एक नया नारा जुड़ा 'जान देंगे—ज़मीन नहीं देंगे।'

खदान बन्द, काम बन्द, बॉक्साइट की ढुलाई बन्द। नतीजन ग्लोबल गाँव के देवताओं में फिर से हलचल शुरू।

21

पाथरपाट पुलिस चौकी में भी फ़ोर्स भर गया था। सशस्त्र बल के जवान इलाक़े में हर कहीं दिख रहे थे। लेकिन इस बार लालचन दा, डॉक्टर रामकुमार और उनके साथियों की गिरफ़्तारी नहीं हो पा रही थी। विधायक जी और शिवदास बाबा के दबाव से ज़िला प्रशासन थोड़ी दुविधा में था।

पाट पर लालचन दा की 'संघर्ष समिति' ने जनता कर्फ़्यू लगा दिया। अन्दर गाँवों में पुलिस-प्रशासन का आना-जाना बन्द। गिरफ़्तारी के बहाने घरों में घुसते हैं और बेटी-बहुओं का दुरगिंजन करते हैं। सखुआ के पेड़ों को काटकर हर गाँव के मुहाने पर चेक नाका बना दिया गया था। पूरी सड़क को घेरे हुए मोटे तने का एक अवरोधक। एक छोर पर पत्थरों के भार से बँधा हुआ दूसरी छोर पर मज़बूत रस्सियों से झुकाकर छोटे खम्भों के सहारे बँधा हुआ। गाड़ियों के तो आने-जाने का सवाल ही नहीं। साइकिल, आदमी, गाय-गोरू किनारे से

पार करने भर रास्ता छोड़ा हुआ। ये चेक नाका 'संघर्ष समिति' के कार्यकर्ताओं के घर के सामने ही बने थे। जैसे ही रात-बिरात कोई पुलिस जीप आती, रुककर वे चेक नाका खोलने लगते। सामने घर में नगाड़ा बजने लगता और दस मिनट में गाँव के सभी मर्द-औरत इकट्ठे हो जाते। जीप के सामने यहाँ से वहाँ तक चुपचाप बैठ जाते। कोई-कोई हवलदार-दरोगा माँ-बहन की गाली-वाली देकर या बेंतों से खोंच-खाँच कर उत्तेजित करने की कोशिश करता, किन्तु चुप और शान्त भीड़ के प्रतिरोध से लाचार होकर पुलिस को लौटना पड़ता।

लालचन दा के भरोसे ही लड़ाई चल रही थी। किन्तु लालचन दा ख़ुद पहले जैसे नहीं रह गए थे। बदले-बदले से थे। चाचा के हत्यारे की गिरफ़्तारी अब तक नहीं होना, पुश्तैनी धनहर खेत का ख़ानदान के हाथ से निकल जाना, बालचन के दवा-दारू में हाथ का ख़ाली होना, बेटियों का आश्रम स्कूल में बेइज़्ज़त होना। इन सारी घटनाओं ने उनकी निश्छल हँसी उनसे छीन ली थी। उनके ललाट की चमक मटमैली पड़ गई। कपड़े-लत्ते की साफ़-सफ़ाई पर भी उतना ध्यान नहीं रहता। पाट के सबसे सम्मानित परिवार के सदस्य होने, प्रभावी होने का आत्मविश्वास कहीं टूटा था।

ललिता से सहिया जोड़ने के कारण अम्बाटोली मेरा आना-जाना घटा तो नहीं था, थोड़ा बढ़ ही गया था। किन्तु लालचन भौजी का देवर वाला गीत अब सुनने को नहीं मिलता। हाँ, हमारी सहिया फूल-फूल, झर-झरना वाला गीत अक्सर सुनाया करती थी। लेकिन भौजी तो भौजी थी, उनकी जगह फूल कैसे ले सकता था।

रुमझुम भाई की नशाखोरी से भी हो सकता है लालचन दा थोड़ा अकेलापन महसूस करते हों। डॉक्टर साहब की अपनी व्यस्तताएँ थीं।

इधर-उधर ही रहते हों, किन्तु पाट के रोगी उन्हें खोज ही लेते थे। माँ-बहनों की चिन्ता भी उन्हें करनी ही पड़ती थी। सोमा-भीखा जैसे लड़के रुमझुम की जगह नहीं ले सकते थे। एक ही शख़्स उस कमी को पूरा कर सकता था, वही थी—मेरी फूल। किन्तु काका-भतीजी एक-दूसरे से खुले ही नहीं थे। बचपन से कभी साथ बैठकर बातचीत की आदत ही नहीं थी। सारी बात काकी के माध्यम से कहती आई थी। अब एकाएक मुँह लगा कर कैसे बोल सकती थी? इतनी भी बड़ी नहीं हो गई थी। मीटिंग-ऊटिंग में भी पीछे ही बैठती। बुधनी दी बहुत कोशिश करती, उनके साथ आगे की पाँत में बैठे, लेकिन ललिता सुनती कहाँ थी?

उस दिन मेरे स्कूल जाने के पहले रुमझुम-ललिता मेरे कमरे में आए। साल भर में पूरे अल्कोहालिक हो गए थे रुमझुम। आँख के पपोटे और चेहरा सूजा हुआ। सुना था, अब तो सवेरे जागते हैं तो कुल्ला भी महुआ की पहली धार से करते हैं। उनके बाबा तो कन्दापाट में रहते नहीं हैं। बीस मील दूर जिस स्कूल में पोस्टिंग है, वहीं रहते हैं। सुनील यूनिवर्सिटी हॉस्टल से आता ही नहीं है। आयो डाँट ही नहीं पाती है, केवल बेहांथ होते बेटे और सोने जैसी उसकी देह को गलता देख रोती रहती है। इतवार को जब बाबा आते हैं तो रुमझुम ग़ायब रहते हैं।

आज शायद ललिता साथ में थी, इसीलिए नहीं पिये थे। चुपचाप थोड़ी देर बैठे। फूल ने चाय बनाई। नींबू वाली लाल चाय। भर गिलास चाय पी लिये, तब बात शुरू की। उन्हें प्रधानमंत्री कार्यालय का फैक्स नम्बर चाहिए था। सन्देश देकर ललिता को ख़ूब सवेरे बुलवाया था और प्रधानमंत्री के नाम एक चिट्ठी लिखवाई थी। चिट्ठी पढ़कर आँखें डबडबा गईं। छाती में एक हूक-सी उठी। इसे सचमुच पी.एम.ओ. भेजना चाहिए। लेकिन फैक्स नम्बर एक बड़ी समस्या थी।

हालाँकि बन्दी के एक सप्ताह से ज़्यादा दिन बीत गए थे। हाकिम-हुक्काम का पाट पर आना-जाना बढ़ गया था। शिंडाल्को पांडे जी, 'वेदांग' कम्पनी की गाड़ियाँ ख़ूब सक्रिय थीं। लेकिन यह नम्बर कौन देगा? यह समझ में नहीं आ रहा था। रुमझुम भाई ने ही इशारा किया कि एम.पी. साहब बता सकते हैं। उनके पास पहले के पाँच-सात पेज ऐसे ही सारे टेलीफ़ोन-फैक्स नम्बर लिखे हुए हैं।

ठीक बात है। एकदम सही बात। कौन कहता है कि खिसक गए हैं रुमझुम भाई। चिट्ठी में भी जितनी बातें थीं, हम जैसे रोज़ अख़बार पढ़ने वालों को भी उतनी जानकारियाँ नहीं थीं।

चिट्ठी की लिखावट बहुत ही सुन्दर थी। एकदम गोल-गोल। मोतियों जैसी। मुझे यह मालूम नहीं था कि मेरी सहिया जितनी सुन्दर है, उसके अक्षर भी उतने ही सुन्दर हैं। लेकिन ख़त का मजमून बहुत ही उदास करने वाला, भयावह हक़ीक़तों से भरा था। मज़मून कुछ ऐसा था—

आदरणीय प्रधानमंत्री महोदय,

जोहार।

बड़ी हिम्मत बाँधकर यह ख़त आपको लिख रहा हूँ। मैं आपकी ईमानदारी और सादगी का कायल रहा हूँ और आपका बहुत बड़ा प्रशंसक हूँ। स्वतंत्रता दिवस और अन्य अवसरों पर आकाशवाणी से प्रसारित आपके भाषणों को ग़ौर से सुनता रहा हूँ।

आपने बहुत ईमानदारी से इस बात को कई मौक़े पर

स्वीकार किया है कि बाज़ार के बाहर रह गए लोगों को इस अर्थव्यवस्था का लाभ नहीं मिल सका है। साथ ही आप इस व्यवस्था को मानवीय चेहरा देने की बात करते रहे हैं। जिसने हमारे मन में बड़ी आस जगाई है।

महोदय, शायद आपको मालूम हो कि हमारा असुर समाज, निज़ाम के इस मानवीय चेहरे की तलाश हज़ारों सालों से करता रहा है।

हमारे पूर्वजों ने जंगलों की रक्षा करने की ठानी तो उन्हें राक्षस कहा गया। खेती के फैलाव के लिए जंगलों के काटने-जलाने का विरोध किया तो दुष्ट दैत्य कहलाए। उन पर आक्रमण हुआ और लगातार खदेड़ा गया।

लेकिन बीसवीं सदी की हार हमारी असुर जाति की अपने पूरे इतिहास में सबसे बड़ी हार थी। इस बार कथा-कहानी वाले सिंगबोंगा ने नहीं, टाटा जैसी कम्पनियों ने हमारा नाश किया। उनकी फैक्टरियों में बना लोहा, कुदाल, खुरपी, गैंता, खन्ती सुदूर हाटों तक पहुँच गए। हमारे गलाए लोहे के औज़ारों की पूछ ख़त्म हो गई। लोहा गलाने का हज़ारों-हज़ार साल का हमारा हुनर धीरे-धीरे ख़त्म हो गया।

मजबूरन पाट देवता की छाती पर हल चलाकर हमने खेती शुरू की। किन्तु बॉक्साइट के वैध-अवैध खदान, विशालकाय अजगर की तरह हमारी ज़मीन को निगलता बढ़ता आ रहा है।

हमारी बेटियाँ और हमारी भूमि हमारी हाथों से निकलती जा रही हैं।

हम यहाँ से कहाँ जाएँगे? यह हमारी समझ में नहीं आ रहा।

एकबार राजधानी में यूनिवर्सिटी के पास झुग्गी-झोंपड़ियों वाली बस्ती में गया था। वहाँ इनसान तो थे, लेकिन उनके चेहरे ग़ायब थे। उनका कोई नाम नहीं था। पहचान ही ग़ायब हो गई थी। बे-चेहरा लोगों को देख मैं बहुत ही डर गया था, महोदय। दौड़कर वहाँ से भागा।

महोदय, शायद आपको पता हो कि हम असुर अब सिर्फ़ आठ-नौ हज़ार ही बचे हैं। हम बहुत डरे हुए हैं। हम ख़त्म नहीं होना चाहते। भेड़िया अभयारण्य से क़ीमती भेड़िये ज़रूर बच जाएँगे श्रीमान्। किन्तु हमारी जाति नष्ट हो जाएगी।

सच कहें तो हम बिना चेहरे वाले इनसान होकर जीना नहीं चाहते श्रीमान्। हमें बचा लीजिए श्रीमान्। हमारी आख़िरी आस आप ही हैं।

और क्या लिखूँ।

आपका ही

रुमझुम असुर

कन्दापाट, पो. कनारी

थाना कोयलबीघा,

ज़िला, बरवे, कीकट प्रदेश

जितनी बार चिट्ठी पढ़ता, मन उतना ही भारी होता जाता। बार-बार आँखें डबडबातीं। मन ही मन संकल्प लेता कि इसे हर हाल में पी.एम.ओ. भेजना है।

22

सखुआपाट हाट आसपास के साप्ताहिक हाटों में सबसे बड़ा हाट था, किन्तु खदानों में चल रही बन्दी के कारण ख़रीद-बिक्री एकदम गिर गई थी। फिर भी आदतन दुकानदार आए ही थे और भीड़-भाड़ में कोई कमी नहीं थी। आदिवासी जीवन में हाट केवल ख़रीद-बिक्री की जगह नहीं थी बल्कि वह सामाजिक सम्मेलन की भी जगह थी। दस-पन्द्रह मील तक के सगे-सम्बन्धियों से भेंट होती। बहुएँ अपने नैहर के लोगों से मिलतीं, तो उनकी छलकती ख़ुशी को देखकर कोई भी अन्दाज़ा लगा लेता कि ढेर दिन बाद मुलाक़ात हुई है। यहीं शादियाँ तय होतीं तो गिले-शिकवे भी कहे-सुने जाते। अपनों का सर-समाचार, मरनी-जीनी, सबकी ख़बरें हाट में ही मिलतीं।

हाट के पश्चिम कोने में एक लाइन में हँड़िया-दारू की बिक्री होती। हालाँकि मुर्ग़ा लड़ाई में लड़कों की इधर रुचि घट गई थी। किन्तु हँड़िया-दारू

का आकर्षण बरकरार था। रुमझुम जैसे दर्जनों थे जो हाट में केवल इसी काम के लिए आते। महीनों की दबी हुई मन की भड़ास खुमारी चढ़ते ही निकलने लगती। नतीजतन झगड़ा-झंझट भी हाट में कम नहीं हुआ करते।

आजकल चल रही लड़ाई की अगली मोर्चाबन्दी भी इसी हाट के बग़ल की झोंपड़ी में तय होती। झोंपड़ी का दरवाज़ा सटा रहता। अन्दर लोग गोठियाते (गोष्ठियाते) रहते। आज भी झोंपड़ी में काफ़ी भीड़ थी। तभी धक्के से दरवाज़ा खुला और लड़खड़ाता सोमा आ गिरा। उसकी हालत देखकर ही पता लग रहा था कि उसकी पिटाई हुई है। हाथ-पैर, पीठ-छाती, यानी देह की कोई भी जगह ऐसी नहीं थी जहाँ चोट के निशान नहीं थे।

डॉक्टर साहब सक्रिय हुए। डिटॉल, मलहम, बैंडेज, सूई, एक के बाद एक की प्रक्रिया चलती रही। सब लोग चुपा गए थे। इंजेक्शन के आधे घंटा बाद भी सोमा पूरी आँखें खोलने और कुछ बोलने की स्थिति में नहीं था। तब डॉक साहब ने एक बोतल ग्लूकोज़ पानी चढ़ाना उचित समझा। आख़िर धीरे-धीरे वह पूरे होश में आया, तो सारी बात लोगों के समझ में आई।

सोमा की तबीयत थोड़ी सुस्त थी इसीलिए हाट के लिए नहीं निकला। अम्बाटोली अपने घर में ही था। हाट का दिन होने से बूढ़ा-बूढ़ी और बच्चों को छोड़कर गाँव लगभग ख़ाली था। उसी समय पाथरपाट चौकी की पुलिस जीप आई और जवान उतर कर जनता कर्फ़्यू के लिए लगाए गए चेक नाका को तोड़ने लगे। लगभग तोड़-ताड़ कर हटा ही दिया था कि उसे कोठरी में कुछ आवाज़ सुनाई पड़ी। दौड़कर बाहर आया तो यह तमाशा दिखा। मना करने लगा तो उन्होंने बरामदे से उसे खींच लिया और सब मिलकर बेंत, रायफल कुन्दे और बूट से कूटने लगे। बाबा बीच-बचाव के लिए दौड़े तो ऐसा धकेला कि दीवार से जा टकराए और बेहोश हो गए। आयो निकलकर चिल्लाने-रोने लगी।

आसपास की भी बूढ़ी आजी लोग जमा होकर रोने-चिल्लाने लगीं। तब जाकर छोड़े।

शाम ढल चुकी थी। अँधेरे में पाथरपाट पुलिस चौकी जाने का कोई मतलब नहीं था। हो सकता है उनका कोई प्लान हो। अँधेरे में पुलिस को कई सुविधाएँ हो सकती थीं। दूसरे दिन मुँहअँधेरे पूरी ताक़त के साथ उस पुलिस चौकी को घेरने की योजना पर सब सहमत थे। विधायक को भी ख़बर दी जाए ताकि एस.पी., डी.एम. आएँ तो बातचीत में सहूलियत रहे।

दूसरे दिन सवेरे आठ बजे तक पाथरपाट पुलिस चौकी के चारों ओर दूर-दूर तक लोगों की भीड़ जमा थी। धीरे-धीरे सब जगह देखकर बैठ गए थे। कहीं कोई उत्तेजना या हड़बड़ाहट नहीं। पाट के सारे मर्द और सियानीमन दिन भर घेराव-धरना की तैयारी से आए थे।

आज लोगों की सिर्फ़ एक ही माँग थी। कल बिना मतलब मारपीट करने वाले पुलिस वालों को निलम्बित किया जाए। दस बजे तक विधायक जी भी आ गए। वे चौकी के अन्दर गए। लगभग आधे घंटे में बाहर आए। लालचन दा और अन्य लोगों से बातचीत की। चौकी का फ़ोन काम नहीं कर रहा था। एस.पी. साहब से बात नहीं हो पा रही थी। वैसे यहाँ के लिए निकलने के पहले उन्होंने ख़बर की थी। लेकिन अभी की स्थिति बताना ज़रूरी था। वे दूर खड़ी अपनी जीप से निकल गए।

लगता है, पुलिसवालों की प्लानिंग गड़बड़ा गई थी। कल उन लोगों ने सोचा था कि 'संघर्ष समिति' के अगुआ लोग सोमा की हालत देखकर, ग़ुस्से में रात में ही चौकी पर आ जाएँगे। लेकिन ऐसा हुआ नहीं। अब एक तो दिन का उजाला, उस पर इतनी बड़ी भीड़। वे अकबका गए। उन्हें समझ में नहीं आ रहा था कि शान्त बैठे हज़ारों की भीड़ से कैसे निपटा जाए।

मुझे दूर चाय की गुमटी पर बैठकर सब बातों पर नज़र रखने की ज़िम्मेदारी दी गई थी। समय शान्ति से बीतता जा रहा था। लेकिन पुलिस चौकी का तनाव बढ़ता जा रहा था। घेराव-धरना पर बैठे लोगों के लिए चना-पानी की व्यवस्था थी। वे आराम से बैठे थे। पुलिस चौकी के ठीक सामने लम्बा-चौड़ा बालचन, भीखा, रुमझुम और तीन अन्य साथियों के साथ शान से जमा था। इस करेड़ जवान से हवलदार भी नज़र मिलाने से बच रहे थे।

लेकिन यह तूफ़ान के पहले की शान्ति थी। बेमतलब या जानबूझकर पान की गुमटी पर एक लम्बा-चौड़ा सिपाही आयँ-बायँ बकने लगा। गुमटी पर धरना पर आए कुछ जवान लड़के भी थे। सिपाही की बकवास बर्दाश्त से ज़्यादा हो रही थी—

"का खाकर कोल-कूकुर, असुर-वानर सब नेतागिरी करेगा? नेतागिरी का होता है, ई बूझता भी है का सब?"

"अरे! हमरा इलाका में होता तो दूइए मिनट में गरमी झाड़ देता। कल्हे शाम को तो अम्बाटोली में एक ठो लड़के की भरपेट पिटाई की थी। ऊ भी बूझता होगा कि किसी से भेंट हुआ है।"

"ई जवान-जवान छौंड़िन सबको तो गरमी चढ़ा है। धरना देने आई हैं कि जवानी दिखाने आई हैं।"

"ई छौंड़िन सबको जानते नहीं हैं हम? इनमें से कौनो ऐसन नहीं है जो हमरी जाँघ के नीचे से नहीं निकली हो।"

इतना सुनना था कि लड़कों का धीरज टूट गया। सिपहिया को वहीं पटककर धुनाई शुरू कर दी। लेकिन वह तगड़ा जवान ज़्यादा देर क़ाबू में नहीं रहा, झटका देकर भयानक चिल्लाते हुए चौकी की तरफ़ दौड़ा। जब तक और लोग कुछ समझते रायफल निकालकर उसने भीड़ पर फ़ायरिंग करनी शुरू कर दी।

उसकी देखा-देखी दो और सिपाही रायफल लेकर चौकी से बाहर निकले थे। उनकी भी रायफलें मौत उगलने लगीं।

दूर से मुझे साफ़ दिख रहा था कि बालचन की देह खड़ी हुई, रायफल छीनने को झपटी और लहराकर वहीं गिर गई। रुमझुम, भीखा समेत आगे बैठे सभी लोगों को गोली लगी। कुछ क्षणों में छह लाशें सामने पड़ी थीं। भगदड़ मच गई। चौकी के सामने मैदान के पार पाट का ढलान और जंगल थे। सारे लोग उसी ढलान में गिरते-पड़ते उतरने लगे। हालाँकि छह लाशों को देख सिपाहियों के भी होश फ़ाख़्ता हो गए थे। वे फ़ायरिंग करना भूल गए थे। केवल पिटाई से पागल हुआ सिपाही अभी तक होश में नहीं आया था। वह गालियाँ देता हुआ रुक-रुक कर फ़ायरिंग तब तक करता रहा जब तक चौकी से इंचार्ज दरोगा ने निकल उसे गालियाँ देनी नहीं शुरू कीं।

कटे पेड़-सी गिरी देह की ओर बढ़ती ललिता को बुधनी दी और लालचन दा को रामकुमार डॉक साहब खींचकर पेड़ों के पीछे ठेलकर ले गए।

लौटती भीड़ के ग़ुस्से की आग में जो भी सामने पड़ा वही जला। कई खदान के ऑफ़िस, डम्फर, ट्रक फूँके गए। ललिता-बुधनी दी के ग्रुप को पोद्दार माइंस का किरानी वर्मा और चपरासी दूबे भेंटा गए। सारा ग़ुस्सा उन्हीं पर उतरा। अच्छी-ख़ासी धुनाई हुई। 'संघर्ष समिति' के अगुआ पाट-जंगल में बिला गए। पुलिसिया भाषा में अंडरग्राउंड हो गए।

उधर, पाथरपाट पुलिस चौकी का इंचार्ज और बूढ़ा हवलदार लाशों को ठिकाने लगाने की सोच ही रहे थे कि एकाएक लगा, वहाँ लाशें हैं ही नहीं। नज़दीक जाकर देखा तो केवल पिघला हुआ ग़रम लोहा वहाँ बह रहा था, जो धीरे-धीरे मिट्टी में समाता जा रहा था। वे बुरी तरह डर गए। चौकी छोड़कर भाग चले।

दूसरे दिन अख़बारों में इस नृशंस हत्याकांड की ख़बरें खोजने पर निराशा ही हाथ लगी। एक हैंडसम क्रिकेटर के एक ओवर में लगाए गए छह छक्के की ख़बर सब ख़बरों पर भारी थी। बाक़ी रूटीन ख़बरें थीं। नेताओं के वक्तव्य-आश्वासन, नौकरशाही-स्वयंसेवी संस्थाओं की प्रेस-विज्ञप्तियाँ, विभिन्न पार्टियों के कार्यक्रमों की ख़बरें, स्थानीय नाली-पानी की दिक़्क़तें आदि-आदि। हाँ, तीसरे पेज पर दो कॉलम का समाचार छपा था कि पाथरपाट में हुए पुलिस मुठभेड़ में छह नक्सली मारे गए। मारे गए नक्सलियों में कुख्यात एरिया कमांडर बालचन भी शामिल। फिर बालचन के नृशंस कारनामों का विवरण। किस एस.पी., दरोगा की हत्याओं और किन-किन बैंक डकैतियों में वह शामिल रहा था! एकदम आँखों देखा विवरण। अन्त में इस बात का भी उल्लेख था कि भागते समय नक्सली लाशें उठा ले गए। पुलिस फ़ोर्स लाशों की तलाश कर रही है।

23

मैं माथे पर हाथ धरे अपने कमरे की चौकी पर उठँगा हुआ था। सामने कुर्सी पर गन्दूर, नीचे चटाई पर एतवारी और सहमे हुए बच्चे। मेरे हाथों में काग़ज़ के दो पन्ने थे। एक तो रुमझुम की प्रधानमंत्री को लिखी गई चिट्ठी, दूसरा ज़िला कल्याण पदाधिकारी का नोटिस, जो अपराधियों के साथ साँठ-गाँठ के आरोपों के स्पष्टीकरण के लिए मेरे नाम जारी किया गया था।

लगातार घट रहे हादसों ने हमें हर तरह से तोड़ दिया था। संघर्ष समिति के अगुआ इलाक़ा छोड़ चुके थे। पुलिसिया मार-पीट, गिरफ़्तारी से बचने को पाट के सभी नौजवान लड़के-लड़कियों ने इलाक़ा छोड़ दिया था। गाँवों में बूढ़े-बच्चे बचे थे। वे भी पुलिसिया बेंत से बच नहीं पा रहे थे। पाट पर पश्चिम की ओर मात्र चार-पाँच घंटे पैदल बढ़ते ही दूसरे राज्य की सीमा शुरू हो जाती थी। उधर भी पाट के लोगों की नातेदारियों की कमी नहीं थी।

ग्लोबल ग्राम के आकाशचारी देवताओं की बेचैनियों का कोई लाभ होता नहीं दिख रहा था। ख़ौफ़ से पलायन कर गए लोगों में खदान के माइनर भी थे। इसीलिए खदानें खुल नहीं सकी थीं। उलटे गोलीकांड से भागते उग्र भीड़ की तोड़-फोड़-आगजनी से अच्छी-ख़ासी क्षति हुई थी। वेदांग कम्पनी भी लेबर की कमी से काम शुरू नहीं कर पा रही थी। लेकिन गेटिंग-सेटिंग का काम दुरुस्त चल रहा था।

शिवदास बाबा और विधायक जी का यह सोचना सही था कि वेदांग जैसी बड़ी कम्पनी इस इलाक़े में केवल कँटीले तार की बाड़-बन्दी करने नहीं आई है। उसे अपनी फैक्टरी के लिए कोयलबीघा अंचल में कई सौ एकड़ ज़मीन चाहिए। एम.पी. साहब ने दिल्ली में ही सेटिंग कर ली थी। वही छोटे काम के बहाने, इलाक़े को जानने समझने-जीतने का त्रिसूत्री फ़ॉर्मूला समझाकर ले आए थे। अब बाबा जी और विधायक जी के शेयर की सौदेबाज़ी होनी थी।

इन दोनों का मानना था कि पूँजी, तकनीक और लेबर के साथ भूमि भी किसी इंडस्ट्री का महत्त्वपूर्ण हिस्सा है। चूँकि कोयलबीघा में भूमि का जुगाड़ उनके बिना हो नहीं सकता इसीलिए उन्हें कम्पनी में शेयर मिलना चाहिए। कम्पनी शेयर देने का तो सपने में भी नहीं सोच सकती थी। इसी हुज्ज़त में पाट की लड़ाई पूरी परवान चढ़ गई थी। अब बाबा और विधायक को सौदेबाज़ी का एक और मौक़ा मिल गया था। अब इस लड़ाई को कुचलने की प्लानिंग में साथ देने का वादा कर रहे थे बशर्ते कम्पनी शेयर वाली उनकी शर्त मान ले। अन्त में मुम्बई के पाँच सितारा होटल के वातानुकूलित कक्ष के सुकून भरे कमरे में कई बातें तय हुईं। दोनों इतनी रक़म पर तैयार हुए जितना कि न आज तक भेंटाया था और न भविष्य में भेंटाने की सम्भावना थी।

यह भी इन दोनों की उम्मीद से बहुत अधिक था। इन्होंने तो बस अँधेरे में एक तीर चलाया था, अब इनकी क़िस्मत का तीर निशाने पर लगा। वैसे भी बाबाजी का मानना था कि 'त्रिया चरित्रम् पुरुषस्य भाग्यं, देवो न जानाति कुतो मनुष्यः'।

इसी समझौते के बाद चारों ओर घंट टनटनाए गए। देवताओं ने शंखनाद किया। पुलिस ने अम्बाटोली के जनता-कर्फ़्यू वाले चेक नाका को तोड़ा और सोमा की पिटाई की। घटनाओं-दुर्घटनाओं का चेन रिऐक्शन शुरू हो गया।

उधर कन्दापाट में सुनील घर आया हुआ था। परीक्षाओं की तिथि की अभी कोई ख़बर नहीं थी। भाई की हत्या की ख़बर ने बेचैन कर दिया था। लेकिन गाँव में उसकी उपस्थिति, बाबा को बर्दाश्त नहीं हो रही थी। वे भी स्कूल-विस्कूल छोड़कर गाँव में पड़े हुए थे। जवान बेटे की मौत का गम, छाती पर पड़े मनों भारी पत्थर से भी भारी। बोल गुम थे और आँखें सदा नम। आयो तो पूरी बौराही हो गई थी। न देह की फिकिर, न गुज़रते-घसीटते पहर की। लेकिन तब भी दोनों चाह रहे थे, जितना जल्दी हो सुनील हॉस्टल लौट जाए। गाँव में, पाट पर नहीं रहे। आशंकाओं से उनकी बाईं आँख फड़कती रहतीं। अब और एक बेटा वे किसी हालत में खोना नहीं चाहते थे। लेकिन ऐसी नाज़ुक हालत में सुनील जाने को तैयार नहीं था। अन्त में बाबा ने खाना-पीना छोड़ दिया। बेबस उसके पास लौटने के अलावे कोई चारा नहीं रहा।

मेरे कमरे का तनाव बढ़ता जा रहा था। घर से भी लगातार चिट्ठियाँ आ रही थीं। बाबूजी और चाचा रामाधार बाबू के यहाँ धरना देकर बैठे थे। नक्सल-फक्सल, गोलीबारी की ख़बर उन्हें लग गई थी। माँ-बाबूजी को भूतों से भी उतना डर नहीं लगता था जितना कि नक्सलियों से। इस बार हर हाल में ट्रांसफ़र करवाना था। बर-बरतुहार भी बरवे ज़िला और कोयलबीघा अंचल का नाम सुनते ही भड़क जाते थे। सखुआपाट-भौंरापाट का नाम ले लिया जाता

तो लगता है दुआर पर झाँकने भी नहीं आते। मुझे यहाँ से हटाने के अलावा उन्हें कोई और रास्ता नहीं दिख रहा था।

मेरी टेबल पर पड़ी रुमझुम की चिट्ठी और कानों में गूँजता वह उदास गीत इन दिमाग़ी बातों को मानने से इनकार करवा रहा था। मुझे हर हाल में इस लड़ाई को अंजाम तक पहुँचाना है, मन बार-बार संकल्प ले रहा था। पाट के चप्पे-चप्पे से, सखुआ की हर डाल-हर पत्ते से, लहकते रक्त-पलाश से मुझे रुमझुम के गाए गीत के बोल सुनाई पड़ते रहते—

हम बाक़ी दिन कैसे गुज़ारेंगे
इसका कोई अर्थ नहीं

हमारी रात
भरपूर काली रात होने का
आश्वासन दे रही

क्षितिज पर एक भी तारा नहीं
उदास हवाएँ
दूर कहीं विलाप कर रहीं

हमारे क़दमों के ठीक पीछे
हमारा दुर्भाग्य चल रहा है

एक ज़ख़्मी हिरण
अपने पीछे आते हुए

शिकारी की आवाज़ सुनकर
अपने आप को
अपनी पूर्ण मृत्यु के लिए
तैयार कर रहा है

क्या मृत्यु का भी कोई आकर्षण है? या नियत पराजय भी आमंत्रित करती है? मैं सोचता रहता। फिर क्यों, न केवल कीकट प्रदेश के बरवे ज़िले में, बल्कि देश के कई-कई राज्यों में, हाशिए पर पड़े समुदाय संघर्षरत हैं। क्या सभी अपनी पूर्ण मृत्यु की ओर बढ़ रहे हैं? मेरे अख़बार, पत्र-पत्रिकाएँ इस तरह की कई ख़बरें मुझ तक पहुँचा रही थीं।

छत्तीसगढ़ के रायगढ़ ज़िले से होकर बहने वाली एक बड़ी नदी शिवनाथ एक इंडस्ट्री समूह को बेच दी गई थी। उसका निजीकरण हो गया। कई-कई गाँवों के लोग, मवेशी, चिरई-चुनमुन, खेत-बघार सब पानी के लिए छछन रहे थे। बोन्दा टीकरागाँव के लोग राजधानी में जाकर अनशन पर बैठे। सत्यभामा, शऊरा भी अपने आदमी और बेटे के साथ अनशन पर बैठीं। निज़ाम को लगा कि कोई खाता-पीता आदमी अनशन पर बैठे तो सोचा जाए। जो वैसे भी एक टाइम खाते हैं, एक टाइम उपासते हैं, उनका अनशन क्या और भूख-हड़ताल क्या! नतीजतन ठीक गणतंत्र दिवस के दिन सत्यभामा शऊरा की भूख से मौत हो गई। लेकिन हाकिमों को लगा कि ग़रीबी-नियंत्रण का यह भी एक तरीक़ा हो सकता है, सो शिवनाथ नदी के बाद अन्य तीन-चार बड़ी नदियाँ निजी हाथों में सौंप दी गईं।

मणिपुर की राजधानी इम्फाल से मात्र पन्द्रह किलोमीटर दूर मलोम क़स्बे की पिता इरोम नन्दा, माँ इरोम सखी की 34 वर्षीय बेटी इरोम शर्मिला,

सशस्त्र बल के विशेषाधिकार क़ानून के विरोध में पिछले लगभग सात वर्षों से आमरण अनशन पर है। यह क़ानून सशस्त्र बलों को पाँच या पाँच से अधिक इकट्ठे लोगों पर बिना कुछ पूछे गोली चलाने का हक़ देता है और इसके ख़िलाफ़ आप न्यायालय का सहारा भी नहीं ले सकते। इरोम शर्मिला तब से पुलिस हिरासत में है। नाक से द्रव्य दिया जा रहा है किन्तु अब शरीर की हड्डियाँ साथ छोड़ रही हैं। उसकी देह अब द्रव्य भी स्वीकारने को तैयार नहीं है। मृत्यु सामने खड़ी है।

केरल की सी.के.जानू., वन विभाग की ज़िद के कारण तिरपन हज़ार बेघर आदिवासी परिवारों की लड़ाई की अगुआ, वायन्द ज़िले के ग़ैरमजरुआ ज़मीन पर बसने की बात सोचते पुलिसिया बर्बरता का शिकार होती है।

महाराष्ट्र कोंकण में बेघर तेरह हज़ार आदिवासी परिवारों की लड़ाई लड़तीं सुरेखा दलवी, मध्य प्रदेश रीवा ज़िले में संघर्ष करतीं दुवसिया देवी, छिंदवाड़ा गोंड गाँव की दयाबाई। किसकी-किसकी कथा कही जाए और कितनी कही जाए!

धरती भी स्त्री, प्रकृति भी स्त्री, सरना माई भी स्त्री और उसके लिए लड़ाई लड़तीं सत्यभामा, इरोम शर्मिला, सी.के.जानू., सुरेखा दलवी और यहाँ पाट में बुधनी दी और सहिया ललिता भी स्त्री। शायद स्त्री ही स्त्री की व्यथा समझती है। सीता की तरह धरती की बेटियाँ—धरती में समाने को तैयार। शिकारी जो समझता रहे।

24

शनिवार की रात में लगभग आधी रात तक गन्दूर के साथ चलता रहा। न जाने कितनी घाटी की उतराई की और कितने पाटों को पार किया, तब जाकर ललिता की मौसी का घर आया, जहाँ वह ठहरी थी। घने जंगल में बसा यह गाँव कीकट प्रदेश के सीमा-क्षेत्र के बाहर था। मुझे देखकर उसके चेहरे पर कोई ख़ुशी या उत्साह का भाव नहीं आया। हादसों और निरन्तर तनाव ने हमारा सारा रस सोख लिया था। लालचन काका से कम लगाव बालचन काका से नहीं था ललिता का। पूरा बचपन उनके ही कन्धे पर हाट-बाज़ार, खेत-बघार, जंगल-पहाड़ घूमते बीता था। अब सचमुच टूअर महसूस कर रही थी वह। शायद कुछ आगे की चिन्ता भी होगी। यह किससे लड़ाई मोल ले ली? निज़ाम ने अपनी ताक़त का नमूना दिखा दिया था। अपनी कमज़ोरी का अहसास भी शायद डरा रहा हो।

यहाँ जब से आई थी सोचने के अलावा और कोई विशेष काम भी तो नहीं था। मौसा-मौसी, दो जनों की रसोई राँधने में समय ही कितना लगता! इतिहास की पढ़ाई ने उसे समझ दी थी कि राज्य-राष्ट्र की हिंसा का कोई जवाब ही नहीं हो सकता। उसका मानना था कि राज्य की केवल नींव में ही हिंसा की ईंटें नहीं लगी हैं, बल्कि उसके महल की भी चिनाई हिंसा की ईंटों से ही हुई है। यही एकमात्र संस्था है जिसने हिंसा को भी सांस्थानिक रूप दिया है। उसकी सेना, सशस्त्र बल, पुलिस, सब सैद्धान्तिक तौर पर हिंसा के लिए ही प्रशिक्षित हैं। राज्य-राष्ट्र अपने को सुरक्षित रखने के लिए इनसानों का इनसानों के द्वारा ही नाश करवाता है। बाज़ाप्ता इसके लिए अरबों-खरबों रुपये के बजट बनते हैं। ज़्यादा से ज़्यादा इनसान जल्दी से जल्दी मारे जा सकें, इसके लिए शोध होता है। पूरे जीव-जगत में ऐसे कम ही जीव होंगे जो अपनी ही प्रजाति से अपनी भूख मिटाते हों। किन्तु राज्य-राष्ट्र ने आदमी को ही आदमख़ोर बना दिया है। वह भी बिना किसी अपराधबोध के। यही इसकी ख़ासियत है।

पाथरपाट गोलीकांड के ग़ुस्से में गाँववालों द्वारा की गई तोड़-फोड़, आगजनी का गहरा पछतावा था ललिता के मन में। यह ठीक नहीं हुआ। उसके कारण लड़ाई कमज़ोर हुई। लड़ाई के मैदान से बाहर हो गए हम सब।

ग्लोबल ग्राम के देवता तो कुछ ऐसी ही घटना का इन्तज़ार कर रहे थे। उन्हें तो अपनी ताक़त के अहसास कराने का मौक़ा भर चाहिए था। ग़लती से वह हमने उन्हें दे दिया।

हम दोनों इस बात से सहमत थे कि ग्लोबल गाँव के आकाशचारी देवता और राष्ट्र-राज्य, दोनों एक-दूसरे में घुलमिल गए हैं। दोनों को अलगाना अब मुश्किल है। रंगमंच की कठपुतलियों की डोर किनके हाथों में है, यह बात छुपी नहीं रही।

सामान्य तौर पर इन आकाशचारी देवताओं को जब अपने अकाश मार्ग से या सेटेलाइट की आँखों से छत्तीसगढ़, उड़ीसा, मध्य प्रदेश, झारखंड आदि राज्यों की खनिज सम्पदा, जंगल और अन्य संसाधन दिखते हैं तो उन्हें लगता है कि अरे, इन पर तो हमारा हक़ है। उन्हें मालूम है कि राष्ट्र-राज्य तो वे ही हैं, तो हक़ तो उनका ही हुआ। सो इन खनिजों पर, जंगलों में, घूमते हुए लँगोट पहने असुर-बिरिजिया, उराँव-मुंडा आदिवासी, दलित-सदान दिखते हैं तो उन्हें बहुत कोफ़्त होती है। वे इन कीड़ों-मकोड़ों से जल्द निजात पाना चाहते हैं। तब इन इलाक़ों में झाड़ू लगाने का काम शुरू होता है।

ज़ख़्मी हिरण पूर्ण मृत्यु के लिए शिकारियों का इन्तज़ार भर कर रहे हैं।

उदास बातों ने मन को बहुत भारी कर दिया। इस बीच गन्दूर ने एक बंडल बीड़ी फूँक डाली, किन्तु बड़ा मन लगाकर सुन रहा था जवान। तनिक भी हिला नहीं। लालचन दा और डॉक साहब नहीं दिख रहे थे। मालूम हुआ रामचन को डायरिया हो गया था। जहाँ-तहाँ का पानी पच नहीं सका शायद। हालत ख़राब थी। खटिया पर टाँगकर ले गए हैं। शायद दो घंटे पैदल रास्ता के बाद जंगल के बाहर बाज़ार है। वहीं कोई क्लीनिक है। दवा की दुकानें भी हैं। छत्तीसगढ़ी इलाक़ा है। भय की कोई बात नहीं है।

हम सबों ने खाना खाया और छिटपुट लड़ी जा रही, अलग-अलग जगहों की लड़ाइयों में एका कैसे हो, इस पर मगज़मारी करते सो गए।

25

लालचन दा और डॉक्टर रामकुमार दो लड़कों के साथ रामचन को खटिया पर लादे अभी सड़क पर पहुँचे ही थे, बाज़ार की ओर आधा मील भी नहीं बढ़ पाए थे कि चार-चार पुलिस जीपों ने आकर घेर लिया। बरवे ज़िला की पुलिस, छत्तीसगढ़ी पुलिस के साथ संयुक्त अभियान चला रही थी और आज का ख़बरिया सबसे अधिक विश्वासी था। उसकी ख़बर आज तक झूठी नहीं निकली थी। आज भी सच साबित हुई।

अधमरू रामचन को दो लड़कों के भरोसे छोड़ पुलिस ने रामकुमार और लालचन को उठा लिया। दोनों अलग-अलग जीपों में बैठाए गए। दोनों जीपें विपरीत दिशाओं के जंगलों में घुसीं। दोनों को एक-दूसरे के एनकाउंटर करने की न केवल बात बताई गई, बल्कि दोनों ने ही गोली की आवाज़ सुनी। यह सब वजूद तोड़ने की रणनीति के क़दम थे। दोनों के चेहरे काले पड़ गए।

दोनों अब बुरी तरह अकेले हो गए। टूटन की कगार पर।

लालचन दा को कोयलबीघा थाना हाजत में एक दिन देखा गया, फिर पता ही नहीं चला।

ललिता और हम लोगों को उसी दिन ख़बर मिल गई थी। एनकाउंटर की ख़बर पर कोई भी विश्वास नहीं कर रहा था। उन दोनों लड़कों ने समय पर रामचन को डॉक्टर के यहाँ पहुँचा दिया था। जैसे-तैसे पैसों की व्यवस्था कर पानी-वानी चढ़वाया और दूसरे दिन साथ लेकर लौटे।

पाट में खदानों की बन्दी, लेबरों की कमी से टूट नहीं पा रही थी। 'वेदांग कम्पनी' का घेराबन्दी का काम भी शुरू नहीं हो रहा था। देवता लोग बेचैन थे। बाहरी लेबर लाकर पाट में रखना और काम लेना चौगुना ख़र्चे का खेल था। इसके लिए वे तैयार न थे। जब तक पाट में बॉक्साइट था, उन्हें गाँवों में आबादी चाहिए थी ताकि सस्ते लेबर मिल सकें। लेकिन लड़ाई-फड़ाई नहीं चाहिए थी।

आषाढ़ के महीने ने देवताओं की आस जगा दी। अब तो लोग लौटेंगे। बूढ़ों-बच्चों के भरोसे तो खेती होगी ही नहीं। तभी पाट पर बरसाती आलू की योजना आई।

कोयलबीघा ब्लॉक के छोटका हाकिम बी.डी.ओ. साहब और उनके स्टाफ़ एकाएक सक्रिय हो गए। कृषि पदाधिकारी, जनसेवक, सबका पाट पर डेरा। क्या तो बरसाती आलू लगाने हैं! पाट के सब परिवारों को, चाहे वो असुर हों, बिरिजिया हों, कोरबा हों, सबके लिए पूरे अनुदान पर बीज आया था। क्या तो ग्यारह लाख का बीज और और सात लाख का खाद भेजी थी सरकार! जो आदिम जाति परिवार जितना खेती करना चाहे उतना बीज दिया जा सकता था।

ब्लॉक के जो हाकिम लोग एक दिन भी पाट में झाँकने नहीं आते थे वो तीन-तीन दिन का कैम्प करने लगे। अम्बाटोली का सामुदायिक भवन गुलज़ार हो गया। ट्रक के ट्रक आलू के बीज वहाँ आकर गिरने लगे।

पाट की आबादी वापस लौटने लगी। ललिता, बुधनी दी, रामचन, सब वापस। ललिता को बहुत आश्चर्य हुआ कि जो ब्लॉक, कम्बल, मच्छरदानी और छगरी-बकरी बाँटने से आगे बढ़ा ही नहीं था, आज एकाएक उसे आलू की खेती की कैसे याद आ गई? हमें भिखमंगा समझने वाले किसान कैसे समझने लगे?

आज तक पाट के असुरों ने विकास के नाम पर यही कम्बल, मच्छरदानी, बकरी-छगरी देखी थी। ज़्यादा से ज़्यादा इन्दिरा आवास। तालाब-कुआँ की बात कीजिए तो हँसने लगते। पहाड़ के ऊपर पोखरा-तालाब। पगलाए हैं का! कितना भी बताते कि दो पाटों के बीच में बड़े-बड़े दोहर हैं जिनमें हमारी धान की खेती है, वहाँ अच्छे तालाब बन सकते हैं। कोई मानता ही नहीं था। इतना दूर आवें, घूमे-फिरें तब तो जानें। छोटे स्टाफ़ तो आते, किन्तु हाकिम लोग उनकी बात क्यों मानने लगे?

पाथरपाट में राजधानी के बड़े-बड़े हाकिमों ने नाशपाती के बड़े-बड़े बाग़ान लगा रखे थे। बीस-बीस एकड़ के बाग़ान। सीज़न में नाशपाती से लद जाते तो नीलामी होती। राजधानी तक के फलों के व्यापारी आकर बोली लगाते। एक झटके में लाखों की आमदनी। किन्तु असुरों के गाँव में नाशपाती के बाग़ान की योजना कभी नहीं बनती। कौन ख़र्च करें? कल वहीं से बॉक्साइट निकालना पड़ गया तो? सारा पैसा पानी में। ऑडिट-जाँच में कौन फँसेगा?

लेकिन इस साल आलू की फ़सल के जमा पैसा से असुर किसान अगले साल खेती कैसे करेगा? इस सवाल का जवाब हाकिम के पास नहीं था।

क्या हारी-बीमारी, पर-पहुनई, फीस-दवा, चावल-सब्ज़ी के लिए हाथ ख़ाली रहने पर बैंक में जमा आलू के पैसे वाले खाते को केवल अगरबत्ती दिखाने से काम हो जाएगा। पैसा तो खाता से निकलेगा ही। भरल पेटवाला लोग ऐसने प्लान बनाता है।

इस साल सरकारी बीज से खेती कीजिए। कोऑपरेटिव आलू ख़रीद लेगी और रुपया आपके नाम से बैंक में डाल देगी। उसी पैसे से अगले साल बरसात में ख़ुद से आलू लगाना है। बीच में खाता से पैसे नहीं निकालना है, चाहे भूखे मर रहे हों तब भी। ऐसा व्यवहार में सम्भव नहीं था। हाकिम भी मन ही मन समझ रहे थे, लेकिन ऊपर से यही आदेश था, वो अपने से क्या कहते?

ख़ैर! पाट में चहल-पहल लौट आई। पहले जैसी तो नहीं, लेकिन आदमी दिखने लगे। खदान भी धीरे-धीरे खुलने लगे। देवताधन समझ रहे थे कि सब धीरे-धीरे नार्मल हो जाएगा। आदमी दुख को भूलना चाहता है। समय सब भुला भी देता है।

केवल लालचन दा, रुमझुम, रामकुमार जैसों का घर सूना हो गया था। हवा भाँय-भाँय करती ख़ाली घूमती रहती। सबकी आयो सुबह-शाम शहर-बाज़ार आने-जाने वाले लोगों से अपने-अपने बेटों के बारे में पूछती रहतीं। रुमझुम की आयो को भी अब तक उसके मिट्टी में बिलाने की ख़बर नहीं थी। डॉक साहब की माँ को अंसारी जैसे ठग-ठेकेदारों के मुहल्ले में जवान बेटियों को ढाँप-तोप कर रखना मुश्किल हो रहा था।

यहाँ से वहाँ, वहाँ से यहाँ पट्टी बाँधकर रात-रात भर पुलिस जीप में घूमते, टार्चर, मार-पीट सहते, लालचन अब बुरी तरह से टूट गए थे। रणनीति के तहत उन्हें झूठी ख़बरें दी जातीं। रामकुमार, रामचन, ललिता, बुधनी एक-एक कर सबकी मौत की ख़बरों ने, लगातार पिटाई और भूख-प्यास ने उनके

सोचने-समझने की शक्ति छीन ली। कितने महीनों से यूँ ही सब सहे जा रहे थे, अब यह भी याद नहीं था। कभी-कभी तो अपना नाम भी भूलने लगते। मानसिक सन्तुलन खो चुके, अधमरे लालचन अब किसी काम के नहीं थे, यह विश्वास हो गया तो एक सादा काग़ज़ पर जबरन हस्ताक्षर करवाकर छोड़ दिया गया।

जब तक वे पूछते-पाछते घर पहुँचते एक नया ट्रैक्टर, अम्बाटोली उनके दुआर पर पहुँचा दिया गया था। शिंडाल्को के मैनेजर बाबू, पांडे जी लहक-लहक कर बता रहे थे कि लालचन असुर ने समझौता कर लिया है। उसने संघर्ष समिति भंग कर दी है। अब कोई बन्दी-फन्दी नहीं होगी। 'वेदांग कम्पनी' भी अपना घेराबन्दी वाला काम अब शुरू करने वाली है।

लालचन को नया ट्रैक्टर, खदान में पेटी कंट्रैक्ट्री और शहर में घर बनाने का प्लॉट दिया जा रहा है। अव्वल तो लोगों को विश्वास नहीं हो रहा था। लेकिन अम्बाटोली उनके दुआर पर जिन्होंने नया-नकोरा ट्रैक्टर देखा था उन्हें तो विश्वास करना ही था।

सखुआपाट के हाट-बाज़ार में यह ख़बर आग की तरह फैली। सबके-सब मुरझा गए। जैसे अपनी ही मौत की ख़बर सुनी हो। 'ऐसा कैसे हो सकता है।' 'जेम्स और लालचन एक नहीं हो सकते।' 'शिवदास बबवा के संगत में ई बेईमानी-गद्दारी सीखे का लालचन दा?'

सबों के मन में ढेरों सवाल, किन्तु जवाब देने वाला कोई नहीं।

लालचन दा जैसे-तैसे सखुआपाट पहुँचे, लेकिन यहाँ की तो हवा ही बदली हुई थी। लोग नज़रें मिलाने से बच रहे थे। कोई दुआ-सलाम, जोहार-प्रणाम नहीं। लोग पहचानने तक से इनकार कर रहे थे। कुछ देर में उन्हें लगा कि वे ग़लत जगह आ गए हैं। हालाँकि चेहरा-मोहरा, देह-हुलिया

इतना बिगड़ा हुआ था कि पहचानने में दिक़्क़त हो रही थी। लेकिन यह नफ़रत, गद्दारी वाली ख़बर के कारण थी, जिसकी अब तक उन्हें भनक ही नहीं थी।

दुआर पर नया ट्रैक्टर देखे तो माथा ठनका। जब तक कुछ पूछते, बालचन-बहू दौड़कर लड़खड़ाती ट्रैक्टर पर गिरी और उसी पर सिर पटकने लगी। सिर पटकते जाती और भोंकार पारकर रोती जाती। मानो ट्रैक्टर नहीं हो, बालचन की लाश हो। बाबा कोठरी से निकले और ट्रैक्टर पर थूक दिये। लालचन को लगा उनके चेहरे पर ही थूका गया हो।

किसी ने हालचाल नहीं पूछा। इतने महीने पुलिस की मार कैसे सही, किसी ने जानना न चाहा। पैर धोने के लिए पानी के लिए भी नहीं पूछा। उलटे एक-एक कर घर छोड़कर निकल गए। यहाँ तक, अपनी गोमकाइन, नमिता-कविता की माँ और बच्चे भी चले गए। किसी ने पैर छूकर जोहार तक नहीं किया।

लालचन दा को लगा, इससे तो अच्छा रहता कि पुलिस उन्हें गोली ही मार देती। यह कैसी मार मारी थी कि अपने ही उनके दुश्मन हो गए। देखते-देखते न केवल अपना घर बल्कि आसपास के गोतिया-दियाद ने भी अपने घर ख़ाली कर दिये। न केवल घर ख़ाली किये, बल्कि वे अपने छप्पर उलट और चूल्हे तोड़कर चले गए। यह उनका सामाजिक बहिष्कार था। वे अब अकेले थे। अपने समाज, अपने लोगों के लिए अछूत। नितान्त अकेले।

उन्होंने अपनी ही छाती में ज़ोर का मुक्का मारा और वहीं मिट्टी में धसककर बैठ गए। बेआवाज़ रुलाई से छाती फट रही थी। रोते-रोते आसपास की मिट्टी गीली हो गई।

अँधेरा होते जब मैं सबसे छुपते-छुपाते लालचन दा के पास पहुँचा तो वे अपने दुआर के सामने मिट्टी में ही रोते-रोते सो गए थे। अँधेरे में अचानक जगाया तो एकाएक डर गए। बाँहों में भरकर पीठ सहलाने लगा तब स्पर्श से शायद पहचाना। बिलकुल गूँगे हो गए थे। टिफ़िन में खिचड़ी लेकर गया था। बहुत मनाने पर दो-चार कौर खाए, फिर फूट-फूट कर रोने लगे। उनकी हालत देखकर मुझे भी रुलाई आ रही थी। सोने जैसी देह कैसी कंकाल-सी स्याह हो गई थी। कितना दुख सहा था इस आदमी ने। घर आकर भी दुख ही मिला, वह भी ऐसा जो सब दुखों पर भारी था। किस जनम की सज़ा मिल रही थी लालचन दा को। जितना सोचता, आँखें उतनी ही टपकने लगतीं।

डरते-डरते दूसरे दिन ललिता और बुधनी दी को सही बात बताने की कोशिश की, लेकिन वे लोग सुनने को तैयार नहीं थीं। वे 'वेदांग कम्पनी' के बाहरी लेबर लगाकर घेराबन्दी के काम को लेकर परेशान थीं। उसके अलावा उन्हें और किसी काम में रुचि नहीं रह गयी थी। लालचन दा का तो नाम भी सुनना पाप-सा लग रहा था उन दोनों को।

लालचन दा के पास बैठ, उनकी हथेली को अपनी हथेलियों के बीच दबाकर सहलाते, सांत्वना देते काफी रात हो गई। बड़ी-मुश्किल से वे सो पाए तो मैं लौटा।

रात-भर बुरे-बुरे सपने आते रहे। नींद उचटती रही। रात भर उठ-उठ कर पानी पीता रहा। सपनों में भयानक काली आँधी, बादल और गरजते तूफ़ान दाख़िल हो गए थे। इन काले दैत्यों के गर्जन-तर्जन के बाद चारो ओर जलती हुई आग दिखी। धधकती-धधकाती आग, सब राख करने को आतुर। इसी धधकती आग के बीच मैं, भटकता दिख रहा था। जलने-चटकने की भयानक आवाजों और लपलपाती लौ के बीच न जाने मैं किनको ढूँढ़ रहा था?

तभी बहता लोहा दिखा। लाल-लाल, धधकता, बहता लोहा। ठीक पाथरपाट गोली चलने के बाद वाला, बहता-धधकता लोहा। फिर रुमझुम, बालचन, डॉक्टर रामकुमार सबसे-सब मेरे सपनों में दाख़िल होते गए। वे ज़ोर-ज़ोर से बोलते हुए कुछ समझाने की कोशिश कर रहे थे। लेकिन न उनकी आवाज़ सुनाई पड़ रही थी और न कोई बात समझ में आ रही थी। बस बदहवासी और आशंका। मैं इतना ही समझ पा रहा था।

26

सबेरे देर से नींद खुली। मन उचटा हुआ था। बाईं आँख रह-रह कर फड़क रही थी। ऐसा लग रहा था मानो देह-दिमाग़ को किसी ने भीगे कपड़े की तरह निचोड़ दिया हो। जगने के बाद भी बिछावन पर पड़ा रहा। सपनों के बारे में सोचने लगा। एकाएक सबकी बड़ी याद आने लगी। डॉक्टर रामकुमार, बालचन, रुमझुम सबकी। आज यहाँ सबकी ज़्यादा ज़रूरत थी। रामकुमार-रुमझुम रहते तो सब सँभाल लेते। लालचन दा ऐसे अकेले नहीं पड़ते। रामकुमार सबको, सारे समाज, सारे पाट को ठीक से सारी बात समझा देते। बालचन-रुमझुम के रहते 'वेदांग' हो या कोई कम्पनी, किसी की हिम्मत पड़ती कि बाहरी लेबर लाकर बाड़बन्दी का काम शुरू करता?

रुमझुम की एक-एक बात याद आ रही थी। वे बार-बार कहते थे कि इस दुनिया की रीत यही है कि कमज़ोर लोग बच नहीं पाएँगे। वे रेड इंडियंस

की तरह ही धीरे-धीरे नष्ट कर दिये जाएँगे। स्पेनिशों, डचों, फ्रांसीसियों और ब्रिटिशों ने जो कुछ भी रेड इंडियंस के साथ किया वह हमारे साथ पहले भी घटित होता रहा है ओर आज भी घटित हो रहा है। इतिहास के पन्नों की भयानक चुप्पी, इसे झूठला नहीं सकती।

रुमझुम ने ही कभी बताया था कि सोलहवीं सदी में रेड इंडियंस, आज्टेकों की सभ्यता को स्पेनिशों ने जितनी बर्बरता से नष्ट किया, पूरे विश्व इतिहास में वैसा कोई दूसरा उदाहरण नहीं मिलता। स्पेनिशों ने अपने से बेहतर संस्कृति को कभी स्वीकार नहीं किया। बेहतर-समृद्ध संस्कृति के प्रति उनकी क्रूरता और बढ़ जाया करती थी। मैक्सिको के आज्टेकों का गणित और ज्योतिषज्ञान तथा उस पर अवलम्बित उनका कैलेंडर, नगर-निर्माण, यातायात व्यवस्था, जनगणना, नागरिक निबन्धन, शिक्षा-प्रसार सब के सब तब के स्पेनिशों से बहुत आगे के थे। इसीलिए भयानक बर्बरता से उन्हें नष्ट कर दिया गया।

रेड इंडियंस के लिए सारे यूरोपियन विदेशी थे लेकिन यहाँ तो देशी-विदेशी का कोई फ़र्क़ ही नहीं रहा। आज के ग्लोबल देवता तो वैसे भी जन्मस्थान, नस्ल, रंग, लिंग आदि भेदभावों से बहुत ऊपर हैं। ऐसी छोटी-छोटी चीज़ें उन्हें प्रभावित नहीं करतीं। उनकी नज़र एकदम साफ़ है। उन्हें ढेर सारे खनिज, ढेर सारी ज़मीन, ढेर सारे जंगल, ढेर सारी पानी-बिजली, ढेर सारे कारख़ाने, ढेर सारा प्रोडक्ट और ढेर सारा मुनाफ़ा चाहिए। इसके लिए वे अपना-पराया, देश-परदेश आदि-आदि का भेदभाव नहीं किया करते।

लेकिन सच्चाई तो यह थी कि रुमझुम-बालचन तो अब आने से रहे। डॉक्टर रामकुमार कहाँ हैं? हैं भी कि नहीं, कौन जाने? थाना-पुलिस से जो पूछने जाएगा वे उसे भी अन्दर नहीं कर देंगे, इसकी गारंटी कौन लेगा?

तभी सुनील की याद आई। सुनील भी रहता तो बड़ा सहारा रहता। ललिता-बुधनी दी को एक मज़बूत-समझदार सहारा मिलता। रामकुमार-रुमझुम की कुछ तो कमी पूरी होती। लेकिन उसके बाबा उसे पाट पर रहने दें तब न! उनकी ज़िद के सामने कौन टिकेगा? लालचन दा तो हैं। लेकिन आज उनका होना न होना बराबर था। सोचा, अब मुझे ही कुछ करना होगा। रात लालचन दा के आँसुओं ने जो कथा सुनाई थी वह ललिता-बुधनी दी को बताऊँ। उन्होंने जो कुछ सहा था, जितनी पिटाई, जितना टार्चर वह सब बताऊँ। ट्रैक्टर की असलियत, पांडे मैनेजर के बकवास की असलियत, सब।

लेकिन कोई सुनने को तैयार हो तब न। सब लालचन दा का नाम सुनते भड़क उठते। ललिता-बुधनी दी तो ऐसी निगाहों से ताकने लगीं मानो भस्म कर देंगी। वे 'वेदांग कम्पनी' के बाहरी लेबर लगाकर घेराबन्दी के काम को लेकर परेशान थीं। उसके अलावे उन्हें और किसी काम में रुचि नहीं रह गई थी। लालचन दा का तो नाम भी सुनना पाप-सा लग रहा था उन दोनों को। सोचा, दो-चार दिन बाद ही सही। जब मूड और माहौल ठीक होगा तो बात छेड़ी जाएगी।

घेराबन्दी का मसला अन्दर ही अन्दर सबको बेचैन कर रहा था। वनग्राम के असुर, उराँव, खेरवार-सदान, सबके जान-प्राण अटके हुए थे। इस पर मिल-बैठकर बात करना ज़रूरी लगने लगा था। बुधनी दी की देसी केबिन और हाट के बग़ल वाली झोंपड़ी फिर भरने लगी। इस बार की अगुआ ललिता और बुधनी थीं।

बहुत सोच-विचार-मग़ज़मारी के बाद तय हुआ कि बिना मुआवज़ा, बिना पुनर्वास, बिना सैंतीस गाँवों के ग्रामीणों की व्यवस्था किये यह घेराबन्दी कैसे हो सकती है? खतियान क्या कहता है, उससे क्या मतलब?

हाकिम-हुक्काम देख तो रहे हैं कि इन सैंतीस गाँवों में हज़ारों परिवार रह रहे हैं। ये आख़िर जाएँगे कहाँ? एक बार बात करनी होगी।

तय यही हुआ कि भीड़ या जुलूस नहीं, बस पन्द्रह-बीस लोग बात करने जाएँगे। सब बात दरख़्वास्त में लिखी रहेगी। ज़्यादा बहस नहीं करनी है। कोई झगड़ा-झंझट नहीं। केवल अपने मुआवज़े-पुनर्वास की बात करनी है। बात नहीं बनी तब आन्दोलन। इस बार पूरे इलाक़े के आदिवासी-सदानों के पाहन-पुजार-महतो-पड़हा, सबके साथ बैठ कर तय करना है। तब लड़ाई शुरू करनी है। इस बार कोई ग़लती नहीं। निज़ाम को ताक़त दिखाने का कोई मौक़ा नहीं देना है। इस बार आसपास चल रही लड़ाइयों से भी अपने को जोड़ना है।

वेदांग कम्पनी और पुलिस प्रशासन को ख़बर दे दी गई कि कल बात की जाए, तब काम आगे बढ़ाया जाए।

दूसरे दिन दस बजे वेदांग कम्पनी के दफ़्तर, सखुआपाट से दो मील आगे जाना था। नौ बजे के आसपास ललिता ने स्कूल के बाहरी गेट से ही आवाज़ दी, "ऐ फूऽऽऽल चलिए। टाइम हो रहा है।"

महीनों कि सालों बाद यह सम्बोधन सुनने को मिला था। लगा कि कानों में शहद उतर रहा है। लपककर कमरे में घुसा कि शर्ट पहनकर निकला जाए। तभी इसी बीच एतवारी ने दौड़कर मेरे दरवाज़े की बाहरी साँकल चढ़ा दी। मैं आवाज़ें देता रहा। खोलने की चिरौरी करता रहा। किन्तु किवाड़ से अड़कर वह खड़ी रही। खोला नहीं। केवल उसके सुबकने की आवाज़ आ रही थी। तभी खिड़की से तमतमाता हुआ तेज़ी से जाता गन्दूर दिखा। उसे जाता देख, एतवारी एक लकड़ी का भारी लट्ठा लाई और किवाड़ में अड़ाकर भागी। तब तक गन्दूर एतवा के ट्रक पर चढ़ चुका था। ललिता, बुधनी दी, सब पहले से थीं। एतवारी भी ट्रक खुलने के पहले दौड़कर पहुँची और साथ चल दी।

उनके जाने के लगभग दस मिनट बाद हॉस्टल की बच्चियों ने आकर मेरे दरवाज़े का साँकल खोला, लट्ठा हटाया। तब मैं निकला। साइकिल से तेज़-तेज़ पैडल मारता अभी सखुआपाट भी नहीं पहुँचा था कि एक ज़ोरदार आवाज़ सुनाई पड़ी, बम का धमाका! हड़बड़ाकर साइकिल से गिर पड़ा। लेकिन यहाँ बम या हथगोला कौन फेंकेगा? क्या पुलिस ने ललिता, एतवारी, बुधनी दी, गन्दूर की जमात पर गोली चलाई?...लेकिन यह गोली की आवाज़ तो नहीं थी, भयानक धमाका था। पुलिस या फ़ौज इतनी निर्मम कैसे हो सकती है कि पन्द्रह-बीस निहत्थे लोगों पर हथगोले फेंक दे?

पल बीतते न बीतते आशंकाओं से दिमाग़ गनगना उठा। छाती के भीतर कुछ घुमड़ने लगा। कुछ समझ में नहीं आ रहा था। अजीब-सी बेबसी और हताशा दबोचे जा रही थी। रूलाई फूटने लगी। तभी फिर से एक धमाका हुआ, उसके बाद एक और धमाका...। कान सुन्न हो गए। उसी बदहवासी में, काँपते पैरों से मैं उठा। साइकिल किसी तरह सँभालते पैदल ही आगे बढ़ चला। उसी तरफ़, जिधर सब गए थे।

मन कह रहा था, सब जा चुके हैं—ललिता, बुधनी दी, गन्दूर, एतवारी सभी...अब किसी से भेंट नहीं हो पाएगी। 'ए फूऽऽल' का सम्बोधन तो अबि बला गया...सदा के लिए।...एक सवाल कौंध गया—एतवारी ने ऐसा क्यों किया? क्यों अपने बच्चों का मुँह नहीं जोह पाई? क्या उसे पहले से ख़तरे का अन्देशा था? तो मुझे ही क्यों बचाया? गन्दूर को रोक लेती! बच्चे तो टुअर हो गए। पूरा पाट टुअर हो गया। असुर आदिवासी समाज टुअर हो गया...और मैं...? अचानक अन्दर एक ज्वार-सा उठी—मैं यह क्यों सोच रहा हूँ, ऐसे अनिष्ट का ख़याल... यह मन के अन्दर जमी निराशा ही काई है...सब सकुशल होंगे। अपने हक़ के लिए एकजुट, अडिग, वेदांग कम्पनी के हाकिमों को निरुत्तर करते...

लेकिन मेरी सद्‌िच्छाएँ सच नहीं निकलीं। पता चला कि लैंड माइंस बिछाई गई थी। बातचीत के लिए जाते ललिता, बुधनी दी, गन्दूर, एतवारी, लालचन दा के बाबा और पन्द्रह लोगों की धज्जियाँ उड़ गई थीं। लेकिन बिखरी हुई देह की जगह पिघला हुआ गरम लोहा वहाँ बहने लगा। लाल पानी-सा लोहा धीरे-धीरे पाट की धरती में समा रहा था। ठीक पाथरपाट के गोलीकांड के बाद की घटना फिर घटी। इस बार ठीक मेरे पैरों के पास से भी धधकता लोहा बहता जा रहा था। न जाने क्यों मुझे लग रहा था कि वह मुझे खींच रहा है, चुम्बक की तरह।

ग्लोबल गाँव के देवता ख़ुश थे। जो लड़ाई वैदिक युग में शुरू हुई थी, हज़ार-हज़ार इन्द्र जिसे अंजाम नहीं दे सके थे, ग्लोबल गाँव के देवताओं ने वह मुक़ाम पा लिया था। असुर-बिरिजिया, बिरहोर-कोरबा, आदिम जाति-आदिवासी सब मुख्यधारा में शामिल होने ही वाले थे। मुख्यधारा की लहरें चाँद छूने को बेताब थीं। वह लहराती-इठलाती राज्यों की राजधानियों से होती वाया दिल्ली, वाशिंगटन डी.सी. की ओर दौड़ी जा रही थीं।

इधर पाट पर जहाँ-जहाँ पिघला लोहा बहा था वहाँ पलाश का जंगल लहलहा रहा था। टहटह लाल पलाश से तेज़ धाह आती। पिघले-बहते लोहे की तेज़ धार जैसी।

राजधानी के यूनिवर्सिटी हॉस्टल से सुनील असुर अपने साथियों के साथ कोयलबीघा, पाट के लिए निकल रहा था। लड़ाई की बागडोर अब उसे सँभालनी थी।

꧁